Herstellung und Verlag:

BoD – Books on Demand

Norderstedt

ISBN: 9783750404922

Die Urheberrechte verbleiben bei den Autoren.

Hans Högemann

und

Marianne Högemann

© 2019 Günter Richter

Fotos: Hans Högemann

Marianne Högemann

Günter Richte

Oliver Meenken

Texterfassung: Günter Richter

Herstellung und Verlag: BoD

Books on Demand, Norderstedt

Zu den Autoren

Der Autor Hans Högemann ist bereits verstorben. Sein Werk wurde von seiner Witwe Marianne Högemann überarbeitet und in Auftrag gegeben.

In seinem Werk präsentiert sich der Autor als Zeitzeuge seiner Epoche. Die Angaben wurden ergänzt durch Marianne Högemann.

Es ist der Versuch eine Zeitepoche so genau wie möglich darzustellen, in Verbindung mit dem eigenem Leben.

Die Autoren wünschen den Lesern viel Interesse beim Studium des Zeitzeugenberichtes.

Bibliografische Informationen der Deutschen Nationalbibliothek.

Die Deutsche Nationalbibliothek verzeichnet diese Publikation in der Deutschen Nationalbibliothek, detaillierte bibliografische Daten sind im Internet über

http://dnb.dnb.de

abrufbar.

ICH,

ZEITZEUGE

HANS

HÖGEMANN,

BERICHTE!

Zur Familie

Ich, Hans Högemann wurde geboren in der Hansestadt Bremen. Im Jahre 1937, mitten in den Vorbereitungen des Zweiten Weltkriegs. Veranlasst durch unseren geliebten Führer Adolf Hitler, zum Teufel mit ihm.

Aber das ist eine ganz andere Geschichte.

Ich möchte hier die Dinge aus meiner Sicht schildern, so wie ich sie gesehen und erlebt habe. Ohne großen Firlefanz, mit meinen eigenen Worten.

Meine Eltern:
Mutter und Vater

Catharine Högemann   August Högemann

31.08.1908

16.11.1902

Wir waren zu Hause drei Geschwister.
Das älteste Kind war ich, geboren 1937, gefolgt von meinem Bruder Wilfried Högemann und dann noch das Nesthäkchen Günther Högemann.

Hans Högemann   01.02.1937

Wilfried Högemann   01.10.1941

Günther Högemann 09.01.1948

Meine Eltern lebten in einer kleinen Mietwohnung in Bremen, mit Blick auf die Weser.
1938 heirateten meine Eltern und zogen in eine kleine Stadt vor den Toren Bremens.

Für meine Mutter war es die zweite Ehe.
Aus der ersten Ehe gingen drei Töchter hervor, also meine Halbschwestern. Drei hübsche Mädels.
Es war ein kleiner Ort in den wir zogen, mit etwa 5 000 Einwohnern.
In diesem Ort waren vorhanden. EinTante Emma-Laden, ein Bäcker, ein Schuster und eine Kneipe. Dies entsprach dem Bedarf dieser Zeit und hatte sehr ländlichen Charakter.
Der Bäcker fuhr zum Beispiel mit einer Pferdekutsche, auf der ein geschlossener Kasten montiert war, von Haus zu Haus und bot seine Backwaren, Brot, Kuchen usw. an.
Der Sohn des Bäckers wurde mein bester Freund, dazu später mehr.
Meine Eltern lebten hier in bescheidenen Verhältnissen.
Mein Vater war als Bauarbeiter tätig, meine Mutter als Hausfrau.
Sie besserte unsere Haushaltskasse durch Zeitungen auf.
Diese kleine, jedoch bescheidene Familienidylle bestand nur ca. 2 Jahre. Dann wetzte der Führer die Messer und rief zu den Waffen.

Meine Kindheit

Eine schwere Zeit

Mein Vater war natürlich nicht davon ausgenommen und wurde im April 1941 eingezogen.

Seine Grundausbildung erhielt er in Delmenhorst-Düsternort, in der Nähe von Bremen. Aber leider in der entgegengesetzten Richtung zu unserem Wohnort.

Fortan musste meine Mutter allein für den Lebensunterhalt ihres Sohnes und sich sorgen.

Der Vater war nicht mehr greifbar, er war jetzt Soldat und konnte nicht mehr über seine Zeit verfügen. Der nicht mal Urlaub bekam, um seine kleine Familie zu besuchen. Um dieser wenigstens moralisch beizustehen.

Denn meine Mutter war hochschwanger und sollte im September, Oktober niederkommen. Es war schon alles etwas schwierig und problematisch, so ganz ohne Mann und ohne festes Einkommen die kleine Familie zu ernähren.

Die Rekrutenausbildung meines Vaters war am 1. Oktober 1941 beendet. Dies war haargenau der Tag, an dem mein Bruder ohne Komplikationen geboren wurde.

Jetzt waren wir also zu dritt allein zu Haus und der Vater war weit weg. Im Dezember bekam meine Mutter plötzlich eine Postkarte von meinem Vater.

Auf dieser teilte er mit, dass er am 1. April 1942 für eine Woche auf Urlaub kommen würde. Danach werde er dann verlegt in das Oder-Neiße-Gebiet. Der genaue Ort wurde vom Oberkommando noch nicht mitgeteilt.

Das war natürlich eine große Freude und zu gleich ein Schock für meine Mutter.

Eine so schnelle Verlegung und soweit weg, damit hatte sie nicht gerechnet. Sie hatte erwartet, dass er nach der Ausbildung wieder nach Hause kommen würde. Diese Hoffnung musste sie nun begraben.

Trotz der mageren Jahre entwickelten wir Jungen uns prächtig, wie man aus Erzählungen weiß und wie einige Fotos bestätigen.

An meinem fünften Geburtstag erhielt ich ein Fahrrad geschenkt. Mensch war ich stolz. Es war zwar ein altes, rostiges Ding, das meine Mutter erstanden hatte. Aber ich habe später erst erfahren, dass sie mehrere Tage dafür schuften musste

Ich war natürlich stolz wie Bolle und wollte jetzt auch Radfahren lernen. Heimlich holte ich mir das alte rostige Fahrrad aus dem Keller. Ich konnte es kaum bändigen mit meinen fünf Jahren, schob es bis an den Gartenzaun, setzte mich drauf, hielt mich mit einer Hand am Zaun fest und schaute vergnüglich und Stolz in die Runde.

Da war niemand zu sehen bei dem ich hätte angeben können. Ätsch, ich habe ein Rad und du nicht!

So saß ich auf meinem Stahlross und schaute dumm in der Gegend rum, denn fahren mit dem Ding konnte ich ja nicht.

Nach einer gewissen Zeit hatte ich die Nase voll und brachte das Fahrrad in den Keller zurück. Danach beschäftigte ich mich mit anderen Dingen. Vor unserem Haus verlief die Hauptstraße, die durch den Ort führte. Sie war nur durch den Fußweg und einen kleinen Vorgarten von unserem Haus getrennt.

Die Straße war natürlich immer ein reizvoller Anziehungspunkt. Es gab für damalige Verhältnisse nicht viel zu sehen. Da es ja noch sehr wenige Autos gab, konnte man auf der Straße in Ruhe Fußball spielen, ohne dass man gleich überfahren wurde. Am häufigsten fuhren damals Pferdefuhrwerke mit Ackerwagen oder Kutschen auf der Straße. So konnte man in aller Ruhe auf der Straße spielen und toben.

Es war immer wieder ein großer Spaß, wenn eine Kutsche vorbeifuhr. Dann liefen wir ein Stück nebenher, um dann mit einem Schwung den Hintern auf das an den Kutschen angebaute Trittbrett zu schwingen. So konnten wir ein kleines Stück mitfahren.

Nur einmal hat es mit dem Absprung nicht so richtig geklappt. Ich habe meinen Fuß nicht schnell genug zurückgezogen, so dass das Eisenrad der Kutsche über den Spann meines Fußes rutschte. Das Rad rutschte noch ein paar Zentimeter den Spann herunter, so dass die Haut in Fetzen herunterhing. Mein Geschrei war wohl bis in den Nachbarort zu hören, so ein Getöse hatten unsere Nachbarn bestimmt noch nicht gehört. Alle schauten aus den Fenstern und dachten, wer wird denn da verprügelt. Nach ein paar Tagen und dank der guten Pflege meiner Mutter war der Unfall bald vergessen. Ich schritt zu neuen Daten. Ich war mit meinen fünf Jahren schon ganz schön abgehärtet.

Nach einer gewissen Zeit bahnten sich so einige Freundschaften an. Wir trafen uns immer wieder zum Spielen auf der Straße oder im Garten. Zumeist auf unserem Grundstück oder im nahen Wäldchen, von uns nur das Gehölz genannt. Der ein Jahr ältere Junge, der Sohn des Bäckermeisters, Erich mit Namen, hatte es mir besonders angetan. Wir lagen quasi auf derselben Wellenlänge. Immer zu Späßen aufgelegt, planten wir immer neue "Untaten". Manchmal trafen wir uns schon um 7:00 Uhr in der Backstube und schauten beim Backen zu. Schnappten uns ein Stück Kuchen und waren im Wald verschwunden. Dort trafen wir dann den Sohn eines Autowerkstatt Besitzers.

Günter hieß der blonde Bengel. Jetzt waren wir also zu dritt. Alle mit demselben Hang zum Blödsinn und Schabernack

Heute war Großkampftag für die Dreierbande. Zuerst liefen wir zum „Tante Emma Laden" und ließen aus allen Fahrrädern, die dort standen, die Luft raus. Dann machten wir uns aus dem Staub. Danach gingen wir auf eine Pferdekoppel, die hinter unserem Haus lag und machten die Pferde wild. Indem wir das Geräusch von fliegenden Wespen nachmachten sssst, sssst, sssst, das machte die Pferde ganz verrückt und sie gingen ab wie die Post.

Am Abend um 18:00 Uhr musste ich zu Hause sein, das hieß pünktlich um 18:00 Uhr. Da war meine Mutter hart, sonst gab es Senge (Prügel).

Mein Vater sollte eigentlich am 1. April für eine Woche Urlaub bekommen. Er war immer noch nicht angekommen.

So neigte sich das Jahr 1942 dem Ende zu.

Draußen wurde es empfindlich kalt.

Es war Mitte Oktober, an einem Spätnachmittag, als wir drei Kumpels noch mal richtig zuschlugen. Wie am Anfang erwähnt, war hinter unserem Haus diese besagte Pferdekoppel. An einer Seite verlief ein kleiner, ausgetrockneter Graben. Die Böschung dieses Grabens war mit Gras, Binsen, Büschen und Sträuchern bewachsen. Die um diese Jahreszeit verdorrt und vertrocknet waren.

Wir drei hatten einen Plan, wie sollte es auch anders sein. Wir hatten immer einen Plan. Jeder von uns hatte eine Schachtel Streichhölzer in der Tasche und so ordnete ich an: "Erich du stellst dich ans andere Ende des Grabens, Günter du etwa in die Mitte und ich bleibe hier."

Erich musste ja zum anderen Ende rennen, das waren gut 300 m.

Günter hatte es nicht ganz so weit.

Dann waren alle auf ihrem Platz und ich gab das Signal zum Anzünden, wir hielten alle ein Streichholz an dieses verdorrte Gras und Gestrüpp. Da an diesem Tag auch eine leichte Brise ging, dauerte es nur Sekunden und der Graben in seiner vollen Länge stand total in Flammen. Was für ein Schauspiel.

Aufgeregt betrachteten wir das Inferno, das wir ausgelöst hatten. Einige Minuten, bis wir durch Sirenengeheul jäh aus unseren Träumen gerissen wurden.

Es war Feueralarm ausgelöst worden, von wem auch immer.

Jetzt hieß es schnell verschwinden, in verschiedenen Richtungen rannten wir davon, wie vom Teufel gejagt.

Auf meinem Weg nach Haus' begegnete mir der Gendarm auf seinem Fahrrad.

Wo fährt der denn hin? Der fährt ja genau zu unserem Haus. Hatte uns jemand bei unserer Untat erkannt?

Nun rutschte mir das Herz in die Hose, er ging in unser Haus. Was soll das denn? Ich konnte ja jetzt nicht mehr nach Hause gehen, dann käme ich ja ins Gefängnis, malte ich mir aus.

Aber wo sollte ich hin? Ich musste mich verstecken. Am sichersten ist es, wenn ich in ein Kellerloch krieche, das mit einem Gitterrost abgedeckt war. Da findet mich keiner, da war ich sicher.

Mittlerweile war es dunkel geworden, mir kam es vor als hätte ich schon Stunden in meinem Kellerloch verbracht. Mir wurde empfindlich kalt, ich hatte Hunger. Ich musste hier raus. Ich hob also vorsichtig den Gitterrost hoch und kroch aus meinem Verlies. Dann kroch ich zum Fenster unserer Wohnung. Es war kein Polizist zu sehen, die Luft war rein. Das schlechte Gewissen war mir ins Gesicht gebrannt, das konnte jeder erkennen und so ging es dann gleich los mit dem Verhör. Wo warst du, was hast du denn wieder veranstaltet? Da stimmt doch was nicht, erzähl schon, was ist los?

Anderes Thema, die Polizei war hier, oder? Was wollte die denn, hat die mich gesucht? Donnerwetter, da hätte ich mich doch gleich verraten. Aber meiner Mutter war der Ausrutscher gar nicht aufgefallen, oder hat es sich nicht anmerken lassen. Sie erzählte mir dann, dass die Polizei wegen Gertrud, das ist meine älteste Halbschwester, da war. Die ohne Licht mit dem Fahrrad gefahren war.

Junge, Junge, plumpste mir ein Stein vom Herzen. Ich wollte es gleich den Jungs mitteilen, aber meine Mutter ließ mich nicht mehr weg, denn es war spät und dunkel. So konnte ich ganz beruhigt ins Bett gehen und über neue Streiche nachdenken. Es wurde noch einige Zeit über diesen "Großbrand" in unserem Ort diskutiert, aber es war ja kein Schaden entstanden und so war das Thema bald ad acta gelegt.

Es ging auf den November zu und die ersten Schneeflocken fielen. Das Thermometer zeigte minus 5° C. Der Winter war da. Am schönsten war es jetzt in der warmen Wohnung, man konnte mit seinem Baukasten spielen oder sich bei Erich in der warmen Backstube aufhalten. Um Erichs Vater beim Backen zuzuschauen und ein Stück Kuchen zu naschen.

Aber anschließend sollten wir mitarbeiten und die Backstube säubern. Das war natürlich nichts für uns. Bei der nächsten Gelegenheit, die sich bot, waren wir in Erichs Kinderzimmer verschwunden. Erich hatte eine wunderschöne Eisenbahn, mit den dazugehörigen Landschaften, Figuren, Fahrzeugen, Menschen usw. Mit der spielten wir bis zum Mittag, dann musste ich mich sputen nach Hause zu kommen. Pünktlichkeit hieß das oberste Gebot.

Heute gab es Bratkartoffeln und Spiegelei, ein paar Gürkchen und als Nachtisch eine Schale Töllner (Vanillepudding mit Himbeeren). Ruck, zuck! war das Essen verspeist und schon war ich wieder auf dem Weg zu Erich.

Aber leider wurde Erich in der Backstube und beim Beladen des Bäckerwagens eingespannt, hatte also keine Zeit für mich, vielleicht später. Och, war das langweilig, keiner da! Mal nachsehen, was der Günter macht. Der wuselte in der Werkstatt seines Vaters rum. Komm, wir gehen ins Gehölz, rief ich ihm zu und schon waren wir beide im Wald verschwunden. Aber es wollte heute keine rechte Spiellust aufkommen. Es fehlte das dritte Mitglied der Bande und darüber hinaus war es auch empfindlich kalt. Dann haben wir versucht ein Lagerfeuer anzuzünden. Aber wir hatten beide keine Streichhölzer in der Tasche. Ach war das heute langweilig, keiner hatte eine zündende Idee. Erich war nicht da, dem wäre vielleicht noch etwas Tolles eingefallen. Also Günter macht's gut, bis morgen, wir treffen uns im Gehölz.

Es war der fünfte Dezember 1942, ein lausiger, ein kalter Tag, ein langweiliger Tag. Ich verkroch mich ins Wohnzimmer und holte meinen Stahlbaukasten hervor und wollte mir einen Hebekran bauen. Ich habe gerade angefangen, da klingelt es an der Tür, wie ein geölter Blitz war ich auch schon an der Tür.

Ein Soldat stand vor der Tür, im Moment habe ich nicht gemerkt, dass es mein Vater war.

Mama, Mama, guck mal, Papa ist da, das war vielleicht eine Freude nach so langer Zeit.

Vater und Mutter umarmten sich, der Vater drückte seine Söhne, die Wiedersehensfreude war einfach riesig. Die Eltern hatten sich natürlich viel zu erzählen über die vergangene und die bevorstehende Zeit, dabei kam dann heraus, dass mein Vater nur eine Woche Urlaub bekommen hatte. Danach wurde er verlegt nach Norwegen. Wir konnten es nicht glauben, nach Norwegen. Der Ort hieß Narvik/Norwegen, direkt am Nordmeer. Hier sollte er stationiert werden. Aber vorerst hatten wir ihn für eine Woche ganz für uns allein. Der Vollständigkeit halber muss ich aber erwähnen, dass mittlerweile der Krieg an allen Fronten tobte. Der braune Führer hatte ja fast allen Nachbarländern den Krieg erklärt und dies auch gleich in die Tat umgesetzt. Er ließ Holland, Belgien, Frankreich, Dänemark, Schweden und Norwegen angreifen und besetzen.

Am zweiten Abend seines Urlaubs nahm mein Vater mich auf den Arm und zeigte mir die sogenannten Tannenbäume. Diese bestanden aus vielen, bunten Leuchtkugeln, mit deren Hilfe das Gebiet ausgeleuchtet wurde. Die in unserer Nachbarschaft aufgebauten Scheinwerfer strahlten wie Leuchtstäbe nach der Großstadt, so dass man die Silhouette der Stadt und den Dom erkennen konnte, die Scheinwerfer auf der Gegenseite strahlten zu uns herüber, dass man glaubte, es wäre heller Sonnenschein. Aber vor allem wurde der Himmel nach irgendwelchen Flugzeugen abgesucht, aus Angst vor einem Angriff des Feindes. Ganz fern konnte man ein leichtes Grummeln hören das zu uns herüberdrang, es war der Kriegslärm den man hörte. Dazwischen das Geräusch und auch das Dröhnen von Flugzeugmotoren. Wir konnten deutlich die „Tante Ju", von Bombern und von „Stukas", (Sturzkampfbomber) unterscheiden. Die Kampfhandlungen spielten sich hauptsächlich an der Ostfront ab, in Polen und Russland. An der Westfront war es ziemlich ruhig. Die Gebiete waren von unseren Soldaten besetzt. Es waren nur einige Widerstandsgruppen aktiv. Diese konnte man aber unter Kontrolle halten.

So gingen die Tage viel zu schnell vorbei und unser Vater musste wieder abreisen in eine ungewisse Zukunft. Weit weg von daheim und der Familie in einem fremden Land. Außerdem unter Deutsch-hassern wie eigentlich in jedem Europäischen Land, dass von den Deutschen überfallen wurde.

Am 13.12.1942 war der Tag des Abschieds. Wie man sich vorstellen kann, war es ein Heulen und Zähneklappern. Wie der Obergefreite August H. in Uniform und vollem Sturmgepäck vor uns stand, gab es kein Halten mehr, die Tränen liefen über die schmerzverzerrten Gesichter und nach der letzten Umarmung ging der Soldat die Straße in Richtung der Großstadt davon. In ein ungewisses Schicksal.

Nach der Abreise meines Vaters hielt die trübe, traurige Stimmung noch eine Weile an. Jedoch nur bis die Weihnachtsvorbereitungen begannen. Da war man natürlich etwas abgelenkt.

Vor allen Dingen wir Kinder waren schon recht aufgeregt und neugierig. Was gibt es denn wohl vom Weihnachtsmann? Ich wünschte mir einen Schlitten, meine Mutter hatte mir aber schon den Wind aus den Segeln genommen. Mein Junge, der Weihnachtsmann hat den Schlitten nicht mehr fertig gekriegt, vielleicht schafft er es bis zu deinem Geburtstag.

Da war mir natürlich die Petersilie verhagelt und ich bin traurig zu Erich geschlichen und habe ihm mein Leid geklagt.

Heißa!, dann war Heiligabend und ich rannte wie ein aufgeregtes Huhn durch die Wohnung.

Wann ist es denn so weit? Wann dürfen wir das Wohnzimmer betreten? War der Weihnachtsmann schon da?

Dann war es endlich so weit, unsere Mutter klingelte mit dem kleinen Glöckchen, das war für uns das Signal. Die Tür zum Wohnzimmer wurde aufgestoßen. Der geschmückte Weihnachtsbaum strahlte mir entgegen. Aus dem alten Graetz-Radio ertönte leise Weihnachtsmusik. Es war alles sehr stimmungsvoll hergerichtet.

Nur unsere Mutter saß still in einer Ecke und zerdrückte eine Träne. Sie war in Gedanken bei ihrem Mann im fernen Norwegen. Natürlich gab es auch einige Leckereien, Schokolade, Kekse und Spekulatius, alles selbst gemacht.

Aber im Hinterkopf schwirrte immer noch der Gedanke, schade, einen Schlitten habe ich nicht bekommen

Die Weihnachtstage verliefen noch friedlich, ruhig und besinnlich. Nur wir Jungs fanden keine Ruhe. Jeder wollte vom anderen wissen, was hat denn der andere vom Weihnachtsmann erhalten. Erich hatte natürlich wieder den Vogel abgeschossen. Wie konnte es auch anders sein, seine Eltern waren ja etwas besser gestellt.

Er hatte eine riesige Ritterburg bekommen. Diese wurde selbst aufgebaut. Wir konnten sie auch noch mit Soldaten bestücken.

Im Grunde genommen waren wir eigentlich recht zufrieden, für damalige Verhältnisse waren wir reich beschenkt worden.

Der Jahreswechsel 1942/1943 verlief den Umständen entsprechend ruhig und besonnen, es gab keine Silvesterknallerei, wir hörten ja in der Ferne das Kriegsgetöse. Das Knallen der explodierenden Granaten und Bomben, da brauchte es keine Knallerei, wie auch die allgemeine Stimmung gedrückt und ängstlich war. Niemand kannte die Ereignisse, die da noch kommen konnten. Man sah jetzt zunehmend einige einzelne Flugzeuge, die über unseren Köpfen hinweg zogen, vornehmlich abends und nachts. Dann war unsere Abwehr natürlich aufgeschreckt und die Scheinwerfer zogen über den Nachthimmel bis sie das Objekt im Visier hatten, dann ging es richtig los. Zuerst hörte man die 2 cm Kanonen, bum, bum, bum und dann folgte die Flak mit ihrem klack, klack, klack, klack, bis sie das Flugzeug erwischt hatten.

Dann war absolut Totenstille, wie die Ruhe vor dem Sturm, bis auf den fernen Kriegslärm war nichts zu hören.

Am 1. Februar 1943, an meinem 6. Geburtstag, sahen wir zum ersten Mal einen Flüchtlingswagen, beladen mit dem gesamten Hab und Gut der Menschen aus dem Osten, Pommern oder Ostpreußen, die aus Angst vor den Russen, geflüchtet waren. Dieses Szenario sollten wir in Zukunft noch öfter und extremer erleben, weil immer mehr Menschen vor den Russen flüchteten. Trecks von einigen Kilometern Länge fuhren die Hauptstraße entlang, nur raus aus der Großstadt, aufs Land, da glaubte man sich sicher. Die Pferde, die vor den Wagen gespannt waren, waren halb verhungert, genau wie die Menschen, es war ein Elend anzuschauen. Dann kam noch dazu, dass sie angegriffen wurden. Man hörte das Motorengeheul, alles schrie Tiefflieger, dann das

Kanonen- und MG-Feuer, alles runter vom Wagen, rein in den Graben oder unter die Wagen. Schon war der Spuk wieder vorbei, manchmal kamen sie auch zurück und flogen einen zweiten Angriff. Einige Pferde starben bei dem Angriff, aber Menschenleben hatte dieser Angriff zum Glück nicht gefordert.

Stuka/JU 87

Auf der Straße war es jetzt nicht mehr sicher, zu oft tauchten die Tiefflieger auf, die auf alles schossen, was sich bewegte. Auf Menschen, Pferde und sogar auf Hühner. Im extremen Tiefflug, das heißt, im freien Gelände, jagten sie in zehn Meter Höhe hinter den Hühnern her und ballerten was das Zeug hielt. Immer öfter gab es jetzt Fliegeralarm. Dann heulten überall die Sirenen und wir mussten uns alle im Luftschutzkeller verkriechen.

Nur einer war davon ausgenommen, der hatte seine eigenen Regeln, der geisterte bei dem Alarm auf der Straße rum, das war meine Wenigkeit. Bis mich dann ein Soldat vom Volkssturm am Schlafittchen packte und eigenhändig in den Keller brachte.

Mittlerweile war es Ostern geworden, an Ostereiersuchen war überhaupt nicht zu denken, es gab ja keine Eier. Nur unsere eigenen Hühner legten noch ein paar Eier, aber sehr wenig.

Von den zehn Hühnern waren sowieso nur noch neun übrig, eins hatten die Tiefflieger bei ihrer Hetzjagd erwischt. Allgemein wurden die Lebensmittel jetzt knapp, man konnte kaum noch etwas kaufen. Die Regierung gab

Lebensmittelmarken aus, mit denen man rationierte Nahrungsmittel kaufen konnte. Aber es war zum Leben zu wenig und zum Sterben zu viel. Einige Zeit konnten wir uns ganz gut über Wasser halten, meine Mutter hatte aus unserem kleinen Garten einiges geerntet und eingekocht, ansonsten wurde improvisiert, z.B. wenn sie Kartoffeln schälte, wurden anschließend die Schalen auch noch gekocht, so überlebte man mehr schlecht als recht. Es war aber auch das Jahr, in dem ich eingeschult wurde, in der Volksschule zu Lilienthal.

An dieser Schule gab es ungefähr 100-120 Schüler, die in diesen Kriegszeiten nur sporadisch unterrichtet wurden. Die Schulfächer waren überschaubar, es gab z.B. keinen Biologie- und Chemieunterricht. Lesen, Schreiben, Rechnen und noch Mathematik, das war alles

Wie gesagt, fiel der Unterricht öfter mal aus, immer wenn die Sirenen heulten und ein Fliegerangriff angekündigt war, mussten alle Schüler in den Luftschutzraum und das Ende des Alarms abwarten. Das war aber nicht immer möglich, weil der Alarm manchmal über Stunden andauerte. Es war schon ein Kreuz mit dem Krieg, wir drei Jungs hatten immer seltener Gelegenheit draußen herumzutoben, erstens wegen der Schule und zweitens wegen der Tiefflieger. Die Piloten hatten die Angewohnheit, jetzt im Hochsommer aus der grellen Sonne heraus im senkrechten Sturzflug anzugreifen. So mussten wir immer Augen und Ohren spitzen, damit wir die heulenden Motoren der Flieger wahrnehmen konnten. Dann nichts wie weg. An einem anderen Tag spielten wir wieder auf der Straße, wir hörten das Geräusch eines näherkommenden Autos, was schon selten vorkam, aber wir hörten auch das Geräusch eines Tieffliegers. Und dann sahen wir das Auto kommen und gleich dahinter ein Tiefflieger, klack, klack, klack, klack, hörte man das Maschinengewehr des Fliegers, der auf das Auto ballerte. Das Auto kam mit atemberaubender Geschwindigkeit aus der leichten Kurve auf uns zu, an uns vorbei und knallte vor die riesige Kastanie, die vor dem Lebensmittelladen stand. Der Pilot des Fliegers zog im letzten Moment, vor den ersten Bäumen des Waldes, seine Maschine steil hoch und kam gerade noch über die Baumkronen hinweg und verschwand. Bei näherer Betrachtung der Unfallstelle sahen wir, dass das Auto ein Leichenwagen war, vollgestopft mit Kartoffeln, Kohl, Möhren und Rüben. Die beiden Männer hatten also gehamstert bei den Bauern auf dem Land. Der Fahrer des Wagens kam schwer verletzt herausgekrochen, der Beifahrer saß wie angewurzelt in seinem Sitz, er war tot.

Endlich gab es auch mal eine gute Nachricht. Wir erhielten Feldpost von unserem Vater aus Norwegen. Es ging ihm soweit gut, er war nicht in Kampfhandlungen verwickelt, er war sozusagen als Besatzungssoldat in Norwegen und konnte dort einigermaßen erträgliches Leben führen. Trotzdem fehlte er uns allen, wir hofften, dass er bald gesund zurückkehren würde. Aber das war etwas blauäugig gedacht. Jetzt zum Ende des Jahres 1943 kam das Kriegsgetöse immer näher, man konnte jetzt schon genau die Panzerhaubitzen und die Artillerie hören. Immer häufiger gab es jetzt Fliegeralarm, es war jetzt nicht mehr damit abgetan, dass sie über unseren Köpfen hinweg flogen. Nein jetzt ließen sie ihre tödliche Fracht auf uns nieder prasseln. Es sollte die Großstadt mit ihrer Industrie, Werften, Stahlwerke, Chemiewerke vernichtet werden. Die Produktion sollte unterbunden werden. Nur manchmal konnten die Piloten wohl nicht richtig zielen, dann ließen sie ihre Bombenfracht über unseren Köpfen fallen. So hatten wir in unserem kleinen Garten auch zwei Bombeneinschläge und außerdem war eine Brandbombe in unserem Schuppen eingeschlagen, der dann vollständig abbrannte.

Der Krieg geht zu Ende

Radio - Graetz

Die meisten Menschen saßen in dieser Zeit vor dem Radio und lauschten den Horrorberichten von der Front. Dort wurde berichtet, dass die Kämpfe an der Oder-Neiße-Linie tobten und dass der Feind erfolgreich zurückgeschlagen wurde. Alles nur Schönfärberei wie man später erfahren sollte. Man hörte auch davon, dass die Alliierten an der französischen Küste gelandet sein sollten, die Russen drangen weiter aus dem Osten zu uns vor. Es war schon eigentlich eine aussichtslose Situation. Der Führer und auch seine Partei, die NSDAP wollten davon nichts hören, Hitler, Goebbels, Göring und andere Nazigrößen trommelten in jeder Rede - der Endsieg ist unser, wir werden sie alle vernichten.
Der einfache Soldat wusste schön längst wohin der Weg führte .Es durfte nur keiner laut sagen, dann wurde er hingerichtet.

Anfang des Jahres 1944 war es dann so weit, die Fliegeralarme nahmen dramatisch zu, wir kamen kaum noch aus dem Bunker raus und wenn, dann versuchte man sich etwas zum Essen zuzubereiten. In unregelmäßigen Abständen fiel der Strom aus, das Gas war schon längst abgestellt, aus Angst vor Explosionen, weil die Gasleitungen durch die Bombenabwürfe beschädigt waren. Sowieso mussten alle Fenster verhängt und abgedunkelt werden, damit kein Lichtschein nach draußen drang, dann bot man nämlich ein gutes Ziel für die Tiefflieger, die auch abends und nachts unterwegs waren. Immer öfter sah man jetzt Militärfahrzeuge, Panzer und Haubitzen auf Selbstfahrlafetten Richtung Osten durch unseren Ort fahren.

Die Flüchtlingstrecks Richtung Westen wurden immer länger, es verging kein Tag, an dem kein Treck bei uns vorbeikam. Jetzt hörte man auch ganz deutlich die Explosionen und das Dröhnen der Bombenabwürfe über der Großstadt, die Artillerie wummerte im Osten wie im Westen. Dazwischen hörte man die Flakbatterien mit ihrem klack, klack, klack, klack und Maschinengewehrfeuer, ra-ta-ta-ta.

Flak/Flugabwehrkanone MG34/Maschinen-gewehr.

Es wurde jetzt brenzlig für uns, wenn man die Nase aus dem Bunker steckte, pfiffen einem die Kugeln um die Nase, es war ein Heulen und Brummen in der Luft von den Flugzeug-geschwadern, die über unseren Köpfen hinweg zogen, in Richtung Großstadt, um dort ihre tödliche Fracht abzuladen.

An einem der folgenden Tage, am Spätnachmittag, tauchte plötzlich ein schwerbewaffneter, deutscher Soldat auf, grub sich ein Loch, hockte sich hinein, schlug zwei Latten aus unserem Gartenzaun und steckte seine Panzerfaust hindurch.

Es sah aus, als wollte er allein Deutschland verteidigen. Später am Abend schaute ich noch einmal nach unserem Landser, da war er verschwunden.

Am nächsten morgen trauten wir unseren Augen kaum, auf beiden Seiten der Straße, auf dem Fußweg, marschierten englische Soldaten in unserem Ort ein, Gewehre im Anschlag in voller Ausrüstung. In der Mitte der Straße fuhren Jeeps, Panzer und Flaklafetten.

Schräg gegenüber unseres Hauses, in der Kneipe wurde Halt gemacht. Einige Offiziere liefen aufgeregt hin und her, brüllten einige Befehle und verschwanden in der Kneipe. Die Fahrzeuge waren auf dem Hof geparkt, dann verschwanden auch die gemeinen Soldaten in dem Gasthaus. Wir Jungen waren natürlich neugierig und betrachteten die Fahrzeuge aufs Genaueste, ich war schon immer Technikbegeistert. Es wurde Nachmittag, da sahen wir wie ein Offizier und zwei Soldaten auf unser Haus zukamen. Jetzt waren wir doch einigermaßen geschockt, unsere Mutter nahm ihre beiden Söhne an die Hand und wartete ab. Es klopfte an unserer Tür, der Englische Offizier stand da und lächelte. Ständig versuchte er uns auf englisch etwas zu erklären, aber wir verstanden absolut kein Wort. Dann radebrechte er auf englisch und deutsch, dass das Haus beschlagnahmt sei und er zwei Soldaten im Haus einquartieren wollte. Meine Mutter musste mit ihm durchs Haus gehen und er entschied dann, wir könnten im Erdgeschoss wohnen bleiben, die Familie im ersten Stock müsste raus, dort würden die beiden Soldaten einziehen. So wurde es gemacht, Widerspruch wurde nicht geduldet. Ich war natürlich der erste der den beiden Tommys einen Besuch abstattete, gerade zu dem Zeitpunkt, als die beiden ihre Schokoladen- und Zigarettenzuteilung bekamen. Nach kurzer Zeit verließen die beiden Tommys das Zimmer und ließen mich einfach allein, wahrscheinlich gingen sie in die Kneipe, wo schon Hochstimmung war.

Die Zeit nach dem Krieg

Lucky Strike

Ich ließ mich nicht zweimal bitten, schwups hatte ich schon eine Packung „Lucky Strike" Zigaretten in der Tasche und rannte wie ein geölter Blitz zu Erich. Heimlich schlichen wir beide in die Remise (Wagenschuppen für Leichenwagen) und steckten uns gleich eine Zigarette an. Feuer hatten wir ja immer dabei und bliesen den Rauch durch die Ritzen nach draußen. Dann hörten wir, wie meine Mutter meinen Namen rief, es war Mittagszeit. Irgendwie musste sie aber etwas mitbekommen haben, vielleicht hatte sie den Qualm der Zigarette durch die Ritzen wabern sehen. Ich hatte noch nicht mal einen Fuß in die Tür gesetzt, da kam das heilige Gewitter über mich. Der Birkenreisig knallte in mein Gesicht, links, rechts, links, rechts und noch einmal, links, rechts, links, rechts, ich habe geschrien, als würde ich am Spieß stecken.

Mit deinen sieben Jahren schon Zigaretten rauchen, ich werde es dir austreiben.

Hinsetzen, essen, heute gehst du nicht mehr raus, das war das letzte, was ich von meiner Mutter hörte. Aber es tat meinem Unternehmen keinen Abbruch, nach zwei Tagen hatte ich mich wieder erholt und war auf neuen Taten aus. Auf dem Hof der Kneipe standen ja nun die ganzen Fahrzeuge der Engländer, Jeeps und Panzer, Technikbegeistert war ich schon immer. Und so kam es, wie es kommen musste, erst kletterte ich nur auf den Panzer rum, dann kriegte ich aber Spitz, dass die Einstiegsluke offenstand und schwups saß ich schon im Fahrersitz und rührte an den Hebeln rum, drehte hier und drehte da, bis ich einen Knopf im Boden sah.

Ich trat einfach mal drauf und schon machte der Panzer einen Satz nach vorn, gleich noch einmal, weil es so schön war, es war das gleiche Spiel, ein Satz nach vorn, dann war Ruhe. Irgendwie musste aber einer der Tommys was mitbekommen haben. Ich spürte nur noch, wie mich jemand an den Haaren aus dem Panzer zog, es war ein rothaariger Ire oder Schotte, oder was auch immer. Er stellte mich auf den Boden und schrie – Go-on, Go on, haut ab, haut ab und ballte eine Faust.

So schnell war ich auch lange nicht mehr gelaufen, zack war ich um die Ecke.

Diese beiden, in unserem Haus einquartierten Engländer waren die größten Schweine von der Insel. Teilweise saßen sie zu zweit, gleichzeitig auf der Toilette. Mangels Papier nahmen sie den Finger und schmierten den Kot an die Wand, die verschimmelten Essensreste standen überall in der Küche herum, dreckige Wäsche lag in der Ecke auf dem Boden.

Es war schon eine Katastrophe mit den Beiden. Die Sachlage in Deutschland war inzwischen klar, die letzten Kämpfe um die Hauptstadt Berlin waren beendet. Deutschland hatte bedingungslos kapituliert, der braune Führer hatte sich feige durch Selbstmord der Verantwortung entzogen. Deutschland lag in Schutt und Asche, viele Millionen Menschen waren einen sinnlosen Tod gestorben. Nun wurde das eroberte Land unter den Alliierten aufgeteilt. Die Russen bekamen den ganzen Osten, das Oder-Neiße-Gebiet, Ostpreußen, Pommern, Schlesien usw. Dann gab es eine englische, französische und amerikanische Zone.

Innerhalb kurzer Zeit wurden unsere Engländer abgezogen, es kamen die Amerikaner, die GI's zogen in unserem Ort ein. Vom ersten Eindruck her waren es nette, freundliche Soldaten, die erst mal an alle die wollten, oder auch nicht, Kaugummi und Schokolade verteilten. Kam ein Erwachsener vorbei, ob Fräulein oder Männlein, dann hieß es erstmal You Nazi? No Nazi war natürlich die Antwort.

Aber ansonsten ließ es sich gut an mit den neuen Besatzern. Sie fuhren die Kinder sogar mit dem Handwagen durch den Ort, sie drehten uns auf dem Göpel, sie schenkten den Frauen Nylonstrümpfe und Zigaretten.

Schwarzmarkt

Viele der deutschen Frauen schmissen sich den Amerikanern förmlich an den Hals. Einige heirateten später ihren GI, andere geschwängerte Frauen blieben mit der Ernte ihrer Freuden sitzen. So spielt das Leben. Als Folge der Armut unter der Bevölkerung und der Rationierung der Lebensmittel, entstanden jetzt immer mehr sogenannte Schwarzmärkte in den größeren Städten. Auf diesen konnte alles getauscht und gehandelt werden. So nach dem Motto, ich hab Butter, hast du Zigaretten oder ich hab eine Armbanduhr, hast du Kartoffeln und ich hab Nylonstrümpfe, hast du Penicillin.

Aber manchmal tauchte urplötzlich die MP (Militärpolizei) auf, dann war der Spuk ganz schnell vorbei, alle stoben auseinander und rannten in verschiedenen Richtungen davon. Von der Militärpolizei waren zwar hohe Strafen angedroht, aber die Schwarzmärkte ließen sich nicht austrocknen. Erst 1948 als neue Zahlungsmittel ausgegeben wurden und die wichtigsten Lebensmittel wieder reichlich zur Verfügung standen, trockneten die Schwarzmärkte aus.

Das Jahr 1944 neigte sich dem Ende zu, wir alle hatten uns mit der Besatzungsmacht einigermaßen arrangiert. Die einzigen Sorgen die wir hatten, galten unserem Vater. Unsere Mutter hatte schwer damit zu kämpfen, dass man absolut keine Nachricht bekam, ob er noch lebte, ob er gesund war. Auch in Norwegen wie in anderen Ländern waren nach der Niederlage der Deutschen die Menschen aufgestanden gegen die deutschen Besatzer. Wir wussten nichts und hofften natürlich, dass er bald nach Hause kommen würde. Mein 8. Geburtstag rückte näher, aber ohne Hoffnung auf ein Geburtstagsgeschenk.

Meine Mutter hatte schon Mühe uns über Wasser zu halten, da war an ein Geschenk gar nicht zu denken.

Torte

Trotzdem muss ich sagen, es war ein sogenannter bunter Nachmittag. Meine Kumpels, Erich und Günter kamen zu mir. Erich brachte frischen Kuchen aus der Bäckerei mit. Die Mutter hatte eine kleine Torte aus Roggenmehl gebacken. Weizenmehl gab es nicht. Wir tobten im Garten zwischen den Bombentrichtern herum. Dann spielten wirFußball, mit einem Ball von den Amis. Irgendwann gab es Kaffee und Kuchen zur Stärkung. Der schöne Tag neigte sich dem Ende und meine beiden Kumpels verabschiedeten sich. So gingen wir wieder zur Tagesordnung über. Wir spielten Krieg im „Gehölz" oder hingen bei den Amerikanern rum. Schauten ihnen beim Waffen putzen zu und holten uns unsere Rationen an Schokolade und Kaugummi ab. Obwohl überall die Nachwehen des Krieges zu spüren waren.
Für uns Jungen war es doch ein feines Leben. Die Menschen hatten wieder Mut geschöpft. Die meisten Leute hatten sich mit den derzeitigen Zuständen arrangiert und begannen mit Aufräumarbeiten in ihrem eigenen Umfeld. Andere, die etwas glimpflicher davon gekommen waren, beräumten die Straßen, Fußwege und öffentliche Grundstücke.
Allgemein war es so, dass die Menschen aus ihrer Lethargie erwachten. Es wurde öffentlich dazu aufgerufen aufzuräumen, Trümmer zu beseitigen,

alte Trümmersteine von Putz zu reinigen, damit man sie zum Wiederaufbau verarbeiten konnte. Es gab ja sonst kein Baumaterial. Aber es gab Sand und es gab irgendwo noch Restbestände an Zement und Kalk, so wurde begonnen zu mauern und zu putzen.

Trümmer werden beseitigt

So konnte man deutlich erkennen, dass das Leben langsam wieder erwachte. Im Frühjahr 1945 fuhr meine älteste Halbschwester mit mir in die Großstadt. Sie wollte sich einen Überblick über die katastrophalen Zerstörungen verschaffen. Gleichzeitig fieberte sie darauf, auch einmal einen Schwarzmarkt zu besuchen.

Sie hätte es lieber gelassen. Der erste Mensch, der uns zu Gesicht bekam, schoss gleich auf uns zu und fragte meine Schwester, ob er mich kaufen könnte. Ich biete 1 000,00 RM/Reichsmark, einen Zentner Kartoffeln und einen ganzen Schinken vom Schwein. Mir rutschte das Herz in die Hose, ich sah mich schon bei irgendwelchen, fremden Leuten leben.

Glücklicherweise lehnte meine Schwester das Angebot ab, sie war genauso geschockt wie ich. Fluchtartig verließen wir das Areal und machten uns wieder auf den Heimweg.

An einem schönen Sommertag wollte meine Schwester in der Wümme baden gehen und nahm mich mit.

Die Wümme in Lilienthal/Borgfeld.

Die Wümme ist ein Zufluss zur Lesum und zur Weser. Sie entspringt am Wilseder Berg in der Lüneburger Heide und ist an der Borgfelder Brücke, wo meine Schwester baden wollte, bei Flut etwa 2 m tief und ca. 20 m breit. Am Ufer machte sie sich bereit zum Schwimmen. Du bleibst schön hier, ich schwimme nur einmal etwas raus und bin dann wieder da. Aber ich hielt es nicht lange aus, dann war ich auch im Wasser. Wenn auch nur am Ufer. Ich konnte allerdings nicht wissen, dass unter Wasser einige Bombentrichter waren, die man nicht sehen konnte. So kam es wie es kommen musste, ich spazierte im seichten Wasser am Ufer entlang und verlor plötzlich den Boden unter den Füßen, gluck, gluck, weg war ich. Was ich zuletzt sah, war ein Paddelboot und einen Paddler am Ufer. Dann war es schwarz vor meinen Augen. Das nächste was ich wahr nahm, war ein Mann, der an mir rumhantierte, mir immer auf die Brust drückte, der mich dann auf den Bauch drehte und anhob. Ich spuckte Rotz und Wasser. Meine Schwester war inzwischen auch an Land gekommen und war ziemlich entsetzt. Ich war noch gut eine Stunde oder mehr schlapp und benommen, aber dann begaben wir uns langsam und vorsichtig auf den Heimweg. Zu Hause angekommen, musste sich meine Schwester ein Donnerwetter meiner Mutter anhören. Die spätere Folge für mich war, das ich eine schwere Diphtherie bekam und das Bett hüten musste. An einem Luftröhrenschnitt kam ich glücklicherweise gerade noch vorbei, aber es war schon heftig. Bis jetzt hatten wir nur sporadisch Schul-unterricht gehabt, aber jetzt ging es wieder los. In einem behelfsmäßigen Klassenraum wurde wieder täglich unterrichtet. Die Schule selbst lag auch in Schutt und Asche.

In meinen Erzählungen ist eine Sache total in den Hintergrund geraten.

Seit dem Jahre 1900 gab es eine Kleinbahnverbindung von Bremen nach Tarmstedt. Einmeterspurbahn mit Namen „Jan Reiners" mit der man die nördlich von Bremen gelegenen Moorgebiete erschließen wollte. Da es ansonsten keine Möglichkeiten gab diese Gebiete zu bereisen oder mit dem Nötigsten zu versorgen. Das Schienennetz, die Bahnhofsgebäude, der Güter- und Lokschuppen der Kleinbahn wurden im Krieg fast völlig zerstört.

Jetzt nach dem Krieg wurden Stimmen laut, diese Bahn in Betrieb zu nehmen, damit wieder eine direkte Verkehrsanbindung in die nördlich der Großstadt gelegenen Gebiete entstehen konnte. Mit dieser Bahn bestand dann die Möglichkeit, Personen und Güter effizienter transportieren zu können.

Jan Reiners

Dann war man nicht nur auf Pferdefuhrwerke angewiesen, die wesentlich länger brauchten, um die Güter in die umliegenden Orte zu schaffen. Die Kleinbahn hatte den immer stärker werdenden Verkehr mit LKW, Bussen und auch PKW nichts entgegenzusetzen und wurde 1956 eingestellt, sie war einfach nicht mehr rentabel.

Die Trasse der Kleinbahn von Bremen nach Tarmstedt wurde später zu einem Radwanderweg ausgebaut. Dort konnten die Städter mit ihren Rädern dann Ausflüge in die nähere und weitere

Umgebung machen, ins sogenannte Teufelsmoor oder auf die Geest. Auf der Strecke gab es natürlich einige schöne Ausflugslokale, in denen man bei Kaffee und Kuchen eine Rast einlegen konnte.

Das Jahr 1944 neigte sich langsam dem Ende zu und wir hatten immer noch nichts von unserem Vater gehört, wo war er, war er gesund, wann kommt er nach Haus'? Für uns Jungs gab es diese Probleme nicht, oder sie wurden mit der kindlichen Leichtlebigkeit verdrängt. Wir holten schon langsam unsere Wintersachen hervor, will sagen, wir suchten bei Erich im Schuppen nach seinem Schlitten. Ich hatte ja immer noch keinen bekommen. Momentan war aber noch kein Schnee in Sicht und so stellten wir den Schlitten, als wir ihn gefunden hatten, gleich wieder beiseite und strolchten anschließend wieder im „Gehölz" herum.

Aus lauter Langeweile schnitzten wir für uns Eishockeyschläger, aber es gab kein Eis, so spielten wir einfach „Landhockey", ein kleiner Stein war schnell gefunden, der wurde als Puck benutzt. Aber das Spiel war auch nicht von Dauer. Wir waren heute alle drei nicht auf Draht, irgendwie war die Stimmung auf einem Tiefpunkt, keiner hatte eine Idee für eine Missetat. So trennten wir uns, ohne eine „gute Tat" begangen zu haben. Der nächste Tag war der 1. Oktober 1945. Es gab was zu feiern, mein Bruderherz hatte heute seinen 4. Geburtstag. Unsere Mutter hatte, so gut es ging, ein paar Kekse und ihre bekannte Roggenmehltorte gebacken. Dazu gab es Kakao von den Amerikanern.

Brottorte

Ich wurde jetzt übrigens immer öfter eingespannt zum Babysitten und wurde auch zum Spielen mit meinem Bruder angehalten, wozu ich überhaupt keine Lust hatte. Er war ja noch so klein und ich war doch schon groß und konnte doch nicht mit Babys spielen. Welche Blamage. In vielen Fällen machte ich mich einfach aus dem Staub und spielte lieber mit Erich und Günter im Wald oder in Erichs Spielzimmer.

Auffällig in diesen Tagen war, dass viele Militärfahrzeuge und auch Soldaten abgezogen wurden. Es gab an verschiedenen Tagen reine Abschiedszeremonien zwischen den Soldaten und den deutschen Mädchen und Frauen.

Die GI's zogen von dannen

Auf und davon und die holde Weiblichkeit stand da, mit dem Bettlaken in der Hand und heulte Rotz und Wasser, so spielt das Leben.

Aber es waren noch reichlich Soldaten da, die für Ruhe und Ordnung sorgten. Einige Soldaten, die eine feste Beziehung mit einer deutschen Frau eingegangen waren, verkehrten auch in deren Familien und so kam es, dass diese Soldaten in die Weihnachtsvorbereitungen mit einbezogen wurden. Die Amerikaner kannten ja keine deutsche Weihnacht mit einem geschmückten Weihnachtsbaum.

Meine Schwester brachte in dieser Zeit auch mal einen Ami mit nach Haus, ganz nett der Typ, aber es war schnell wieder vorbei, es war nur eine kurze Affäre.

So waren auch wir eingespannt in unseren Weihnachtsvorbereitungen, mit Großreinemachen, putzen und scheuern.

Ich hatte dann als Steppke noch eine glänzende Idee, wie wäre es denn, als Weihnachtsbaum einfach die Spitze unserer Fichte im Garten zu nehmen und schon hatten wir einen Weihnachtsbaum.

Es war Heiligabend 1945, den Tag werde ich nie vergessen.

Ich lümmelte so in der Küche rum und schaute aus dem Fenster auf die Straße. Meine Mutter war im Wohnzimmer und schmückte den kleinen Weihnachtsbaum. Es war so gegen 17:00 Uhr, da bemerkte ich plötzlich einen deutschen Soldaten, der langsam den Fußweg entlang kam.

Wo kam denn hier jetzt ein deutscher Soldat her, die Amerikaner waren doch hier, wenn die den entdeckten. Der Landser kam genau auf unseren Eingang zu, ein furchtbar heruntergekommener Typ, mit struppigen Vollbart, verschlissenen Klamotten. Es klingelt an der Tür, zack, schon war ich an der Tür.

Da stand er nun, der Soldat, was wollte der? Meine Mutter stürzte aus dem Wohnzimmer und schrie hysterisch, August, August, wo kommst du denn her. Sie umarmten sich voller Liebe und Inbrunst und küssten sich minutenlang.

Zu mir heruntergebeugt sagte sie: "Kennst du den denn nicht, es ist dein Vater."

Das soll mein Vater sein, fragte ich verdutzt, natürlich war er es. Die Kleidung war eine alte zerrissene Kordhose und ein alter Wehrmachtsmantel ohne irgendwelche Abzeichen. Er sah alt und ausgehungert aus, ungepflegt und dreckig. Aber er stand, wenn auch etwas wackelig, auf seinen beiden Beinen vor uns und die Tränen liefen über sein Gesicht.

Ich habe Durst, waren seine ersten Worte und Hunger, kam dann hinterher. Meine Mutter war schon dabei und kochte erstmal einen Muckefuck. Außerdem machte sie ein paar belegte Brote, später noch ein paar Bratkartoffeln mit Speck und ein Spiegelei dazu. Fürs erste war der Hunger und Durst gestillt. Und schon war er am Tisch eingeschlafen, vor Erschöpfung.

Vater kommt aus der Gefangenschaft

Ein deutscher Soldat

Aber es war nur ein sogenannter Sekundenschlaf, dann war er wieder wach und wollte unbedingt ein Vollbad nehmen. Wir hatten auch schon bemerkt, dass er ziemlich verdreckt und total verlaust war. Es kribbelte und krabbelte am ganzen Körper und in seinem Vollbart lauter kleine Viecher.

So wurde dann Kopf und Körper mit einem Läusepulver, dass in der damaligen Zeit in jedem Haushalt vorhanden war, eingepudert.

Zinkbadewanne

Anschließend wurde eine große, verzinkte Badewanne in die Küche gestellt. Es wurde Wasser in einem Einmachtopf gekocht und in die Wanne gefüllt. Und dann ging es zur Sache.Es wurde gerubbelt und geschrubbt bis endlich all der Dreck und das Ungeziefer beseitigt war. Dann hat sich unser Vater noch rasiert und er sah wieder aus wie ein Mensch, nur etwas abgemagert sah er schon aus

Danach setzten wir uns alle ins Wohnzimmer und unser Vater erzählte von der Gefangenschaft bei den Russen, von der Flucht und von den unsäglichen Strapazen, von dem Durst, dem Hunger auf dem Weg in die Heimat. Im September 1945 begann die Odyssee in Norwegen. Weil die Norweger immer aggressiver gegenüber den deutschen Besatzern wurden und regelrecht Jagd auf die Verlierer des Krieges machten, mussten die restlichen Soldaten flüchten, um nicht gelyncht zu werden. Eines Nachts, als es noch verhältnismäßig ruhig war in Narvik, machte sich mein Vater und sein Freund und Kamerad D. Dreyer heimlich davon. Zuerst ging es zu Fuß durch die norwegischen Wälder, bis sie an eine eingleisige Bahnstrecke kamen. Stundenlang kauerten sie an einer Böschung und warteten bis der nächste Zug kam. Dann war es soweit. Hier an der kleinen Steigung fuhr der Zug sehr langsam, sodass sie nach einem kurzen Spurt aufspringen konnten. Sie hatten keine Ahnung wohin der Zug fuhr. Egal, Hauptsache in die richtige Richtung. Nach zwei Tagen ohne Halt staunten sie nicht schlecht, sie waren in Schweden gelandet. Nicht weit entfernt von der dänischen Grenze, sie konnten es einfach nicht glauben. Jetzt hieß es wieder laufen. Immer querfeldein und immer versuchen, einen Wald zu erreichen Das war in Dänemark gar nicht so einfach, irgendwie waren sie in die Nähe von Göteborg gekommen. Dann war die Frage, wie übers Wasser kommen. Der Zufall wollte es so, sie sprangen auf einen LKW der auf eine Fähre fuhr. Wohin die Fähre ging, wussten sie natürlich nicht, woher auch. Sie rührten sich nicht zwischen den Kohlensäcken. Das Zeitgefühl war den Beiden total abhandengekommen. Sie wussten nicht mehr, waren sie 10:00 Stunden oder gar 24:00 Stunden mit dem Schiff gefahren. Jedenfalls war es irgendwann in der Nacht, als das Schiff anlegte. Der LKW wurde gestartet und fuhr langsam an Land. Sie lugten vorsichtig durch ein Loch in der Plane. Es war dunkel und nicht viel zu erkennen.

Gefangenschaft

Aber eines sahen sie ganz deutlich. Jede Menge Russen liefen durcheinander. Es war auch ein Kontrollpunkt zu sehen. Wahrscheinlich waren sie irgendwo im Osten Deutschlands gelandet, also in ein Gebiet, dass von den Russen besetzt war. Wie waren sie nur dahin geraten. Jetzt war es nur noch eine Frage der Zeit, bis sie entdeckt wurden. Sie hatten keine Chance hier zu entkommen. Der erste Russe kletterte auf den LKW und hatte sie auch gleich entdeckt. Mit Gebrüll und Gewehrkolben-schlägen wurden sie vom Lastwagen gestoßen und zu einem Offizier gebracht, der auch gleich die

Verlegung in ein Kriegsgefangenenlager befahl.
Am nächsten Tag wurden sie mit anderen
Gefangenen auf einen russischen LKW verladen.

Russischer LKW

Es war Abend. Es war dunkel. Keiner wusste,
wohin die Fahrt ging. Aber nach zwei Stunden
fuhr der Wagen plötzlich auf einem Sandweg an
einem Dorf vorbei. Es war kein Licht zu sehen.
Vielleicht wohnte niemand mehr hier. Nach etwa
500 m hielt der Wagen an. Schlagartig war alles
hell erleuchtet. Wir hielten vor einem Stachel-
drahtzau und wir wurden vom LKW
runtergetrieben und mussten ins Lager
marschieren. Man erkannte jetzt Baracken, auf
denen die Gefangenen verteilt wurden. Dann
nahm das Gefangenenleben seinen Lauf. Jeden
Morgen antreten zum Appell. Alles durchzählen.
Bei den Russen war immer die Angst da, das mal
jemand verschwinden könnte. Zu essen gab es
einmal am Tag eine warme Wassersuppe,
ansonsten trockenes Brot. Es war zum Leben zu
wenig, aber zum Sterben zu viel. So gingen Tage
und Wochen ins Land, bis die ersten Gerüchte
aufkamen, wir sollten alle nach Russland verlegt
werden. Jetzt ging die Angst um. Wir hatten schon
viel von den Grausamkeiten und Quälereien an
den Kriegsgefangenen gehört.

Gefangenenlager

Das war eigentlich der Auslöser für unsere beiden
Gefangenen, endlich über Fluchtpläne
nachzudenken. Sie wussten aber auch genau,

wenn sie erwischt würden hieße dass, sie würden kaltblütig erschossen. In einer kalten Oktobernacht riskierten sie es und kletterten über den Stacheldrahtzaun. Sie rannten wie die Hasen über die Felder und Wiesen, um so schnell wie möglich den rettenden Waldrand zu erreichen, um etwas Deckung zu finden. Bis jetzt hörten sie keine Geräusche vom Lager. Es war nicht durch Alarmanlagen gesichert, sondern nur durch Wachposten, die auf ihren Rundgängen das ganze Lager umrunden mussten. Sie hatten den schützenden Wald erreicht und fühlten sich etwas sicherer. Aber wohin sollten sie gehen. Sie wussten ja nicht einmal, wo sie sich befanden. Man einigte sich in südlicher Richtung zu marschieren. Nur wo war Süden? Es war stockdunkle Nacht und sie hatten keinen Kompass. Weil sie nur bei Dunkelheit liefen und dann auch nur über Felder, Wiesen und durch dichte Wälder, sahen sie auch keine Ortsschilder oder Straßenschilder und hatten somit keine Ahnung wo sie sich befanden. Waren sie vielleicht im Kreis gelaufen und waren schon wieder in der Nähe des Lagers? Unsere beiden Landser hatten seit zwei Tagen nichts gegessen. Als Flüssigkeit hatten sie etwas Schnee zu sich genommen. Der Morgen graute, die Sonne ging auf, im Lager war jetzt Appell und Zählung. Was würde passieren, wie weit waren sie entfernt vom Lager. Sie hatten keine Ahnung. Sie waren vollkommen orientierungslos. Dann standen sie plötzlich vor einem Fluss. Was jetzt. Keine Brücke, kein Steg. Es half nichts, sie mussten schwimmen. Es herrschten Minustemperaturen und sie glaubten, sie würden erfrieren. Als sie auf der anderen Seite ans Ufer kletterten, wussten sie, sie mussten sich bewegen. Sie mussten rennen, um in Bewegung zu bleiben, um nicht zu erfrieren. So rannten sie in den schützenden Wald und rannten immer weiter, immer weiter, bis sie erschöpft zusammenbrachen.

Am hellen Tag trauten sie sich nicht den schützenden Wald zu verlassen und weiter zu marschieren.

Am Spätnachmittag, als es dunkel wurde, setzten sie ihren Marsch fort und entdeckten einen kleinen Bauernhof, den sie eine Weile beobachteten. Sie sahen mehrmals eine ältere Frau aus dem Haus kommen und wieder darin verschwinden. Sie gingen zum Fenster, schauten hinein und sahen die Frau am Tisch sitzen und stricken. Vorsichtig klopften sie ans Fenster, die Frau schreckte zusammen. Kam aber zum Fenster und öffnete es, was wollt ihr. Wir tun ihnen nichts. Wir haben nur Hunger. Dann kommt rein. Es stellte sich heraus, dass dies ein deutscher Bauernhof war und dass die Frau eine Deutsche war. Ohne ein Wort zu verlieren, holte sie die Bratpfanne heraus. Aus der kleinen Speisekammer holte sie einen Korb mit Eiern und einen Kanten Speck. Erst im späteren Gespräch stellte sich heraus, dass sie sich immer noch im russischbesetzten Gebiet befanden. Die Frau erzählte dann noch, dass die Russen sporadisch alle paar Wochen vorbei kämen, um zu kontrollieren, ob sie nicht irgendwo ein paar Gefangene versteckt hätte. Im Gespräch erzählte sie auch, dass sie sich in einem Dorf nahe Berlin befanden und das alle Leute aus dem Dorf vertrieben wurden. Ihr bleiben duldeten die Russen nur, weil ihr Mann von ihnen erschossen und im eigenen Garten begraben war. So speisten sie ausgiebig und durften anschließend in der Scheune schlafen. Sie waren sehr erschöpft und schliefen gleich ein. Sie blieben bis zum nächsten Tag. Die Frau hatte noch mehrere Schnitten mit Schinkenspeck, Leberwurst und gekochte Eier als Reiseproviant vorbereitet. Sie bedankten sich herzlich bei der Frau. Als es dunkel wurde, machten sie sich auf den Weg immer Richtung Süden. Sie umgingen natürlich Berlin. Es war einfach zu gefährlich in der Nähe der Großstadt. Sie folgten einer Landstraße, hatten dann auch noch das Glück von einem Pferdefuhrwerk mitgenommen zu werden. So ging es etwas schneller voran und sie mussten nicht laufen. Sie waren zum ersten Mal mit einigen Angstgefühlen am hellen Tag unterwegs. Der Kutscher erzählte uns, dass er nach Potsdam führe, um von der einzigen Mühle die noch in Betrieb war, Mehl zu holen. Er setzte uns am Ortseingang ab und wir mussten wieder auf Schusters Rappen marschieren. Ihr müsst Richtung Magdeburg-Hannover laufen, gab er ihnen noch mit auf den Weg. Und so liefen sie los, immer einer alten Landstraße nach. Am nächsten Tag waren sie in der Nähe von Magdeburg. Sie umgingen aber die Stadt und verkrochen sich bis zur Dunkelheit in einem kleinen Wäldchen.

Der Hunger wurde jetzt immer schlimmer. Sie mussten irgendwo etwas zum Essen auftreiben. Als sie am nächsten Tag in ein kleines Dorf kamen, sahen sie auf einem Hof viele Schafe und Hühner laufen. Sie dachten, viele Hühner, auch viele Eier. Sie warteten eine Weile und schlichen vorsichtig in den Hühnerstall. Weil es kurz vor Mittag war, hatte noch keiner die Nester geleert. So stopften sie sich die rohen Eier in die Taschen und verschwanden in den nächsten Wald.

Da sie ja kein Feuer machen konnten, tranken sie die Eier roh und in größeren Mengen. Die Folge waren Darmkrämpfe und Durchfall. Als sie gerade das Dorf verlassen wollten, sahen sie auf einem anderen Hof einen LKW stehen, der gerade mit Kartoffeln, Korn und Rüben beladen wurde. Sie beobachteten das Geschehen eine Weile Nach den Gesprächsfetzen die herüber wehten, waren es Landsleute. Aber sie konnten nicht so einfach fragen, wo fahrt ihr hin. Können wir mitfahren? Der LKW war bald beladen. Man konnte erkennen, dass die Abfahrt vorbereitet wurde. Unsere beiden Landser stellten sich außer Sichtweite des Hofes an einer geschützten Stelle in Lauerposition, da musste der Wagen vorbeikommen und dann wollten sie aufspringen. Es klappte auch alles wunderbar. Der Wagen musste auf dem Sandweg langsam fahren, sodass sie keine Schwierigkeiten hatten.

Der Fahrer fuhr etwa 5 km und hielt plötzlich an, lief zum hinteren Ende des Wagens und schrie, sofort runterkommen. Ich weiß genau, dass ihr da seid. Ich habe es genau mitbekommen, wie ihr aufgesprungen seid. Sie stiegen vom LKW und standen dem Fahrer gegenüber. Er gab sich als Deutscher zu erkennen und erzählte, dass er bei den Amerikanern in Hannover als Fahrer in Diensten stand. Sie sollten sich keine Gedanken machen, er würde sie nicht verraten. Er könnte sie also bis Hannover mitnehmen. Dann müssten sie allerdings allein versuchen weiterzukommen. Die Beiden waren heilfroh, dass sie mehrere hundert

Kilometer mitfahren konnten und nicht laufen mussten. Am Rande von Hannover setzte er sie dann ab. Er versicherte ihnen nochma,l dass er sie nicht verraten würde, wünschte ihnen noch guten Weg und verschwand in Richtung Hannover.

Es waren jetzt auch die ersten Ortsschilder und Hinweisschilder zu sehen. Auf einem Schild stand in großen Buchstaben Bremen 110 km, das gab ihnen noch einmal einen richtigen Auftrieb. Obwohl sie psychisch und physisch ziemlich am Ende waren, jauchzten sie innerlich, noch 110 km bis nach Bremen. Dann noch mal 15 km bis zu unserem Wohnort. Dann hatten die Leiden endlich ein Ende und sie waren zu Hause. Es war der 20.12.1945, als sie das letzte Stück des Weges in Angriff nahmen. Obwohl sie in einem kleinen Dorf zwei ziemlich gut erhaltene Fahrräder „fanden", brauchten sie immerhin noch fast vier Tage, um ihr Ziel zu erreichen.

So kam es denn, dass unser Vater, nachdem er seinen Freund und Kameraden zu Hause abgeliefert hatte, genau am Heiligabend um ca. 17:00 Uhr bei uns zu Hause ankam.

Nach dieser langen Erzählung, es war mittlerweile 3:00 Uhr in der Nacht, alle Beteiligten waren ziemlich aufgewühlt von diesen Bericht.

Aufregenden Erlebnissen.

Aber wir waren natürlich sehr froh, dass unsere Mutter ihren Mann gesund in die Arme schließen konnte. Wir, die Söhne, waren froh, dass wir unseren Vater wieder hatten. Alle waren froh gestimmt, für uns alle war es ein fröhliches

Weihnachten. Von Normalität konnte in den nächsten Wochen keine Rede sein. Unser Vater brauchte seine Ruhe, um sich zu erholen. Er schlief fast den ganzen Tag und er kam nur zu den Mahlzeiten kurz aus dem Schlafzimmer. Aber auch diese schwere Zeit wurde von allen Beteiligten gut überwunden und so fand der Jahreswechsel 1945/1946 in einer friedlichen und gelösten Stimmung statt, ohne Ballerei und Getöse. Das neue Jahr war gerade zwei Tage alt, da machte sich unser Vater mit dem alten rostigen Fahrrad, das ich zum Geburtstag bekommen hatte, auf den Weg zu seinen Eltern auf dem Land. Er hatte sie ja auch lange Zeit nicht gesehen. Sie waren 78/80 Jahre alt und bewirtschafteten immer noch ihren kleinen Hof mit zwei Kühen, zwei Schweinen, etlichen Hühnern und Gänsen. Damals nannte man das einen "Nebenerwerbshof", der zwar seine Bewohner mit dem Nötigsten versorgen konnte. Es reichte aber bei Weitem nicht um überleben zu können. Man musste schon einer geregelten Arbeit nachgehen, um über die Runden zu kommen. Aber allein vom Alter her gesehen, möchten sie gern, dass unser Vater den Hof übernimmt. Nach einigen Stunden, in denen sie die wichtigsten Neuigkeiten austauschten, bat er sich für die Übernahme des Hofes Bedenkzeit aus und machte sich auf den Heimweg. Zu Hause wurde in den nächsten Tagen ausgiebig über das Für und Wider der Angelegenheit diskutiert. Aber im Moment konnten sich Mutter und Vater nicht entscheiden. Unser Vater bemühte sich im neuen Jahr intensiv eine Arbeit zu finden. Aber außer dem Austragen der neu gedruckten Tageszeitung „Weser-Zeitung" gab es keine Arbeit. Um einen kleinen Zuverdienst zu haben, fuhr unser Vater 15 km bis an den Rand des Teufelsmoores um Birkenzweige zu schneiden. Daraus machte er dann Reisigbesen. Er fuhr damit durch den Ort und verkaufte sie. Der erste Monat des neuen Jahres war schon wieder vorrüber und mein Geburtstag stand an. Endlich sah ich meinen Freund Erich und auch den Günter wieder. Wir hatten uns längere Zeit nicht gesehen, weil in seiner Familie Trauer herrschte. Sie hatten vom Roten Kreuz die Nachricht bekommen, dass das Familienoberhaupt, also Erichs Vater, in Russland gefallen war. Bei Günter, dessen Vater aus der russischen Gefangenschaft heimkam, genau wie bei uns, herschte Freude. Da kann man wieder einmal sehen, wie nah Freude und Trauer bei einander liegen. Mein Geburtstagsgeschenk war ein Holzschaukelpferd, dass mein Vater noch ein bisschen aufgemöbelt hatte. Aber ehrlich gesagt, kam bei mir keine rechte Freude auf. Ich fühlte mich schon viel zu „ Groß" um auf so ein Schaukelpferd zu sitzen, dass war doch was für kleine Kinder. Aber sonst war es eine lustige Runde.

Geburtstagsfeier,

mit Kakao, Kuchen,

Bonbons und vielen interessanten Spielen. Seit
etwa einem knappen Jahr war auch wieder
regelmäßiger Unterricht in der Schule. Ich muss
sagen, in den ersten Schuljahren war ich wirklich
ein guter Schüler, keine Note schlechter als eine
drei, wenn man bedenkt, wieviel Schulstunden wir
versäumt hatten durch den Krieg. aber meine
Mutter hat immer fleißig mit mir geübt, das hat
sich ausgezahlt.
Irgendwann im März hatten sich meine Eltern
dann entschlossen, doch den Hof meiner
Großeltern zu übernehmen. Die Übernahme sollte
zum ersten April erfolgen. Bis dahin mussten alle
Formalitäten erledigt werden. Es musste das
Grundbuch umgeschrieben werden. Die
Übertragung musste von einem Anwalt bei Gericht
eingereicht werden usw. Wenn man dann bedenkt,
dass es um die Zeit kaum einen Rechtsanwalt gab
und dass die meisten Gerichte noch geschlossen
waren, dann muss man sich wundern, dass alles
bis April unter Dach und Fach war.
Ende März, am frühen Morgen, war es dann
soweit. Einer von Vaters Bekannten kam mit
einem Holzgas-LKW angefahren. Der ganze
Hausstand wurde verladen. Ich lief zwischendurch
zu Erich, um mich zu verabschieden. Es schmerzte
schon erheblich, mich von meinem Freund zu
trennen. Ich besuch' dich und wenn ich zu Fuß
hierher komme, aber ich komme. So, jetzt wurde
es Zeit, der LKW war beladen. Meine Mutter
und mein Bruder durften vorn beim Fahrer sitzen.
Mein Vater und ich kamen hinten auf die
Ladefläche. Einer musste ja den Holzofen füttern,

damit genug Gase erzeugt wurden zum Fahren und so ging es mit Geknatter Richtung Teufelsmoor. Nach einer Fahrt von 20 min. waren wir in dem kleinen Dorf "Grasberg" angelangt. Es war wirklich ein kleines Dorf, mit etwa tausend Einwohner, einigen großen Bauern und vielen Kleinbauern.

Zwei Bäckereien mit Laden, auch für Lebensmittel, zwei Banken, eine Schule und natürlich eine Kirche und ich will es nicht vergessen, es gab auch einen Sportplatz des örtlichen Sportvereins. Unser kleiner Hof lag etwa 500 m von der befestigten Straße entfernt. Es war ein Sandweg, der bis an die Grenze zum Nachbardorf führte, wo unser Haus lag. Der nächste Nachbar war etwa 300 m entfernt.

Jetzt musste alles schnell entladen werden, denn der LKW wurde für die zweite Tour benötigt Dann war die Sache ausgestanden, dass heißt, der Umzug war erledigt und der Ernst des Lebens begann. Als erstes mussten wir uns alle ummelden beim Bürgermeister. Dann war der Pastor dran. Auch da musste man sich zu der Zeit anmelden und wurde als Schäfchen ins Kirchenbuch eingetragen.

Kirche zu Grasberg

Dann war die Schule dran. Ich wurde in der vierten Klasse an der Volksschule zu Grasberg angemeldet. In dieser Nachkriegszeit, wo man von einem Normalzustand weit entfernt war, wurden hier zwei Klassen in einem Klassenzimmer unterrichtet. Es gab vier Hauptfächer, Lesen,

Schreiben, Singen und Mathematik. Später kam noch das freiwillige Fach Englisch hinzu.
Jetzt hieß es für mich tatkräftig mit zupacken. Weißtorf musste zu Streu gemahlen und dann mussten Rüben gehäckselt werden. Am 01.04.1946 hatte aber die Schule begonnen.

Schule hat Vorrang.

Ich in der Schule .Der erste Schultag war der Schwierigste überhaupt. Überall neue Gesichter, bei den Schülern und auch bei den Lehrern. Meine derzeitige Lehrerin war eine Frau Elstner. Als Lehrer hatte ich Unterricht beim Herr Sahr.
Es ging morgens um 8:00 Uhr los bis mittags 12:00 oder 13:00 Uhr. Die erste Woche machte ich ja noch voll mit, dann stach mich wieder der Hafer und ich fing an hier und da etwas Unsinn einzuflechten. Ich ließ kleine Papierflugzeuge fliegen oder ich verschoss kleine Papierkügelchen mit einem Gummiband und erntete von meinen Mitschülern Begeisterungsstürme, aber beim Lehrpersonal war ich total unten durch. Wenn irgendwo in der Klasse etwas passierte, unbesehen bekam ich die Senge dafür. Aber ich muss doch, es überwog die Teilnahme am Unterricht und dem lernen.
Irgendwie war der Ehrgeiz geweckt, ich wollte weiter kommen und ich gab mir wirklich Mühe, etwas in den Schädel zu bekommen. Dann endlich kamen die ersten Sommerferien an der neuen Schule. Aber nichts mit lustig, ich wurde schwer mit eingespannt bei der Arbeit.

Die Bauernfamilie

Mein Vater hatte inzwischen bei mehreren alten, bekannten Bauern um Arbeit als Tagelöhner nachgesucht und auch bekommen. Bei einem großen Bauern in der weiteren Umgebung musste er bei der Getreideernte helfen und ich wurde auch gleich mit eingespannt. Die nächsten vier Wochen hatte mein Vater da zu tun, anschließend musste er, bei demselben Bauern, Abzugsgräben in den Wiesen im St. Jürgensland von Unkraut befreien und reinigen.
Bezahlt wurden diese Arbeiten meistens in Naturalien. Geld wollten die Bauern damals nicht bezahlen, sie waren geizig bis zum geht nicht mehr.
Um die Verhältnisse bei den Bauern aufzuzeigen, muss man wissen, wie sie gelebt haben. Wenn man als Tagelöhner bei den Bauer arbeitete, bekam man freie Kost, dass heißt, es gab zu essen, aber nicht am Tisch der Bauernfamilie, sondern an einem eigens aufgestellten Tisch auf der Diele. Es gab reichlich zu essen, Suppe und jede Menge Fleisch. Hat man das Fleisch etwas genauer beobachtet, fiel einem auf, dass sich das Fleisch bewegte. Man konnte sehen, dass das Fleisch voller Maden war und sich deshalb bewegte. Ich bin wie von der Tarantel aufgesprungen und raus gerannt um zu erbrechen.
So etwas hatte ich noch nicht gesehen. Die Bauernfamilie hatte natürlich einen schönen saftigen Braten auf dem Teller. So verrann die Zeit und die Ferien waren viel zu schnell vorbei. Es ließ sich jetzt immer besser an mit der Schule. Es bahnten sich immer mehr Freundschaften an.

Man traf sich außerhalb der Schule, um auf dem Sportplatz Fußball zu spielen. Man spielte auch Schnitzeljagd oder man machte einfach mal ein bisschen Blödsinn.

Das Jahr neigte sich dem Ende zu und es kamen die ersten Herbststürme auf, die ich in dieser Form aus unserer Kleinstadt nicht kannte. Es blies fürchterlich, man dachte, das Dach unseres Hauses, das mit Stroh gedeckt war, würde wegfliegen. Innerhalb der nächsten drei Monate war alles Land um uns herum überschwemmt. Die wichtigsten drei Flüsse, Wörpe, Wümme, Hamme waren über die Ufer getreten.

ImNovember waren alle überschwemmten Wiesen zu einer Eisfläche gefroren und man konnte auf Schlittschuhen bis zur Großstadt nach Bremen laufen.

Holländer Schlittschuhe

Ich wollte jetzt auch unbedingt Schlittschuhe haben und laufen lernen. Der Zufall wollte es, dass ein Onkel von mir noch ein Paar Holländer Schlittschuhe hatte, die er mir schenkte, weil er sowieso nicht mehr auf Schlittschuhen lief. Jetzt gab es kein halten mehr, ich wollte Schlittschuh laufen lernen und zwar sofort. Aber wie das so ist, aller Anfang ist schwer. So kostete mich das Laufen lernen viele Stürze und blaue Flecken. Aber nach einer verhältnismäßig kurzen Zeit, hatte ich den Bogen raus und es flutschte wie verrückt. Ich war zwar kein Spezialist, aber ich konnte mit den anderen durchaus mithalten. Zu Anfang spielten wir noch Eishockey, wurden dann aber immer waghalsiger. Wir sprangen im vollen Lauf über Stacheldrahtzäune und über nicht vollends zugefrorene kleine Gräben und mit Lufteis zugefrorene Flächen.

Nur einmal habe ich etwas übertrieben. Ich sprang in voller Fahrt über einen kleinen Graben, schaffte es aber nicht bis ans andere Ufer. Ich landete mittendrin und war gleich bis zum Hals im Wasser verschwunden. Meine Kumpel waren gleich zur Stelle und zogen mich mit vereinten Kräften aus dem Schlamassel.

Jetzt aber nichts wie nach Hause. Es waren immerhin etwa 5 km. Bis dahin war ich zu einem Eisklumpen gefroren und bekam die Schlittschuhe nicht von den Füßen, weil alle Befestigungsriemen steif gefroren waren. Glücklicherweise machten sich keine negativen Folgen dieser Eskapade bemerkbar und so ging es nach ein paar Tagen wieder lustig weiter mit den Streichen.

Zu Weihnachten 1947 war ein schwerer Schnee-sturm über uns hereingebrochen. Wie der vorbei war, waren wir zwei Meter hoch eingeschneit. Wir mussten vom Haus bis zur Hauptstr. 500 m Wegstrecke beräumen. Das war eine Knochenarbeit. Aber es war eben notwendig. Es wurden Kohlen fürs Haus und Schrot für das Vieh geliefert.

Die Feiertage waren trotzdem sehr schön. Es war schön warm und gemütlich mit einem toll geschmückten Weihnachtsbaum und einigen kleinen Weihnachtsgeschenken. Wir waren rundherum zufrieden.

Im neuen Jahr traf sich mein Vater mit einigen

Bekannten und Verwandten zu einem Meinungs-
austausch und „Klönschnack" im Nachbardorf.
Unter anderem sprach ihn dort sein Schwager und
Maurermeister D. Meyer an, ob er nicht Lust
hätte, bei ihm als Maurer zu arbeiten. Mein Vater
war, wie wir alle, hellauf begeistert, endlich eine
vernünftige Arbeit und endlich ein festes
Einkommen. Etwas besseres konnte uns allen
nicht passieren." Tja August, im Frühjahr wenn
der Frost vorbei ist, geht es los", sagte er noch.
Dann radelte mein Vater froh gestimmt nach
Hause. Meine Eltern überlegten, ob sie nicht eine
Kuh abschaffen sollten. Es war unrentabel und vor
allen Dingen für meine Mutter eine Last, wenn der
Vater arbeiten ging.
Also wurde eine Kuh an den örtlichen Schlachter
verkauft.

Hausschlachtung

Dann wurde auch noch gleich ein Schwein für den
eigenen Bedarf geschlachtet. Das erledigte der
Hausschlachter aus dem Nachbardorf. Das
geschlachtete Schwein wurde gleich an Ort und
Stelle zu Kotelett, Schinken, Braten und Wurst
verarbeitet.
Unter anderem wurde auch Knipp gemacht. Eine
Art Grützwurst. Sie wurde in einer großen Wanne
angerichtet und wir beide, mein Bruder und ich,
saßen mit einem Löffel bewaffnet vor dieser
Wanne und löffelten das noch warme Knipp in uns
hinein, herrlich. Das zubereitete Fleisch, Koteletts,
Filetstücke, Schinken und Braten kam in ein
großes Holzfass, ordentlich Salz drauf, es
wurde sozusagen „gepökelt".

Mangels eines Kühlschranks kam alles in unseren Erdbunker, der ungefähr einen Meter unter Bodenniveau lag. Dort war es schön kühl und man konnte das Fleisch, das ja auch gepökelt war, lange aufbewahren. So hatte man das ganze Jahr zu essen.

Getreidehocken

In den Sommer- und Herbstferien wurde ich natürlich wieder voll eingespannt. Es war Erntezeit. Das Getreide musste von Hand, mit der Sense gemäht, zu Garben gebunden und zum Trocknen „aufgehockt" werden. Auch wurde Gras gemäht und zum Trocknen ausgebreitet. Wir ernteten Kartoffeln und Rüben sowie alles andere was gewachsen war.

Im heimischen Garten waren die Äpfel, Birnen, Zwetschgen und Kirschen reif und wurden gepfückt. Unsere Mutter kochte vieles in Einweckgläsern ein. Alles für den langen Winter. DieÄpfel und Birnen lagerten in unserem Erdbunker.

Bald warer in der freien Natur die Arbeiten abgeschlossen und man konnte es etwas ruhiger angehen lassen.

Der Winter kam früh in diesem Jahr. Bereits im Oktober fiel der erste Schnee. Nun zu Weihnachten war alles weiß gepudert. Wir Jungen holten unsere Schlitten raus und machten unsere ersten Touren in die nähere Umgebung.

Backofen

Einen Tag vor Heiligabend heizte unser

Vater den Backofen an, der im Garten stand. Unsere Mutter und die älteste Halbschwester, die zu Besuch war, rührten Brot- und Kuchenteig an. Sie haben dann Roggen- und Weizenbrot gebacken. Danach war der Backofen noch heiß genug, sodass auch noch der Butterkuchen reingeschoben und gebacken werden konnte. Es war jedesmal ein Fest sozusagen ein Backfest. Jeder der einmal in so ein selbstgebackenes Roggenbrot gebissen hat, frisch und saftig, möchte es nicht mehr missen. Dann erst der Butterkuchen mit selbstgemachter Butter mit Zucker bestreut, hhhmmm, lecker. Es wurden gleich mehrere Backbleche mit Butterkuchen gebacken, sodass es bis ins neue Jahr reichte. Anschließend wurden mit der Restwärme des Backofens noch Bratäpfel geröstet, die auch sehr lecker waren. Am neunten Januar 1948 stand ein großes Ereignis bevor. Es wurde nämlich der dritte Sohn der Eheleute zu Hause ohne Komplikationen entbunden. Mutter und Kind sind wohlauf. Das war vielleicht eine Freude im Hause Högemann und bei den Verwandten. Mein zweitgeborener Bruder und ich sahen die Sache etwas gelassener. Erst mal gucken, wenn der etwas größer wird, jetzt war er einfach noch zu klein.

Bis zu meinem elften Geburtstag reichte der selbstgebackene Kuchen von Weihnachten leider nicht. Dafür gab es eine echte Sahnetorte mit Kirschen aus dem eigenen Garten. Sozusagen eine Schwarzwälder-Kirschtorte. Einige Schulkameraden kamen auch zum Gratulieren und natürlich auch um Torte zu essen.

Neues Geld

In diesem Monat hat die Regierung beschlossen, eine neue Währung einzuführen.

Die alte, inzwischen wertlose Reichsmark, wurde durch die neue Deutsche Mark ersetzt.

Jeder Bürger bekam zur Einführung ein geringes Kopfgeld von 40,00 Deutsche Mark. Damit konnte sich jeder das Notwendigste zum Lebensunterhalt kaufen. Wenn das Geld verbraucht war, musste er eben hungern. Das war war wirklich zum Leben zu wenig und zum stSrben zu viel.

Die Läden waren wieder voll, man konnte alles kaufen, sofern man Geld hatte.

Die meisten Menschen haben sich unter Murren und Knurren mit der Situation arrangiert.

Vater erhält Arbeit

Richtige Arbeit

Am ersten April, bei frostfreiem Wetter, trat unser Vater seine Arbeit als Maurer bei D. Meyer an. Als erstes war der Umbau eines Bauernhofes zu bewältigen. Dieser Hof wurde um 4 Pferdeboxen erweitert. Das war zu dieser Zeit bereits ein Großauftrag.

Im Sommer 1948 bot sich für meine Eltern eine Veränderung in Grasberg an.

Mein Vater sollte das Amt des Kirchendieners bzw. Küsters, übernehmen und meine Mutter sollte im sogenannten Pastorenhaus die Reinigung der Räumlichkeiten ausführen.

Das Amt des Küsters war mit folgenden Aufgaben verbunden, jeden Abend pünktlich um 18.00 Uhr hatte der Küster die Kirchenglocken zu läuten. Die

Kirche war zu reinigen, im Winter die Kirche heizen, mit Liedtafeln bestücken und Gräber schaufeln gehörte auch dazu. Nach der Beisetzung das Grab wieder verschließen.

Im Folgenden war mein Vater damit beschäftigt seine Maurertätigkeit und die des Küsters unter einen Hut zu kriegen. Das ist ihm ganz gut gelungen. Er hatte sogar noch Zeit, an unserem eigenem Haus Umbauten vorzunehmen. Allerdings waren es oft vierzehn Stundentage, sonst war das nicht zu schaffen. Sein Schwager und Chef kam ihm in jeder Beziehung entgegen und ließ ihn gehen, wenn es nötig war.

Nach den Weihnachtsfeiertagen und dem Jahreswechsel wurde erneut eine Hausschlachtung ausgeführt.

Ansonsten war für uns Jungens Schlittschuhlaufen angesagt. Es hat zwar nicht viel Schnee gegeben, aber dafür knallharten Frost, der dafür gesorgt hat, dass alle überschwemmten Wümmewiesen und die angrenzenden Felder unter einer dicken Eisdecke lagen.

Eisflächen in den
Wümmewiesen

An einem schönen sonnigen Wintertag liefen wir auf Schlittschuhen bis zum Bürgerpark nach Bremen. Der Weg dorthin war zum Teil sehr beschwerlich, denn er führte über nur zum Teil zugefrorenen Torfkanälen.

Wir tranken noch einen heißen Glühwein und machten uns wieder auf den Heimweg. Es war Eile geboten, denn es dunkelte bereits. In der Dunkelheit zu laufen war einfach zu gefährlich.

Wir kamen gerade noch so in der einsetzenden
Dunkelheit zu Hause an. Ein jeder von uns suchte
jetzt ein warmes Plätzchen auf der Ofenbank. Ich
war doch ziemlich durchgefroren.
Nach dem Wintervergnügen folgte am nächsten
Tag eine bitterböse Überraschung.

Reet in der
Wümmeniederung

Unser Vater hatte von einem Bauern am
Wümmedeich Reet/Schilf in großen Mengen, wie
man sagte, auf dem Halm gekauft, weil unser
Reetdach an verschiedenen Stellen undicht
geworden war und unbedingt erneuert werden
musste.
Das heißt, dass Reet stand noch auf dem Halm
und musste gemäht und für den Abtransport auf
den Deich getragen werden. Dann war es ja auch
noch abtransportiert zu werden. Das machte dann
später ein Nachbar mit seinem Pferdegespann in
mehreren Touren und an mehreren Tagen.
Ich war ganz schön geschockt, wie ich von der
Geschichte hörte und wäre am liebsten
ausgewandert.
Unser Vater faselte nicht lange. Eine Woche später
ging es los und das morgens um 6:00 Uhr. Mit
dem Fahrrad, bepackt mit Verpflegung,
Getränken, Sense und anderen Werkzeugen, ging
es von Grasberg über unseren alten Wohnort
Lilienthal an den Wümmedeich im Blockland. Ich
kann nur sagen, es war eine Mordsarbeit. Du
musst dir das wie folgt vorstellen. In der
Winterzeit geht der Wasserstand der Flüsse

zurück, es läuft einfach ab Richtung Meer. Da eine geschlossene Eisdecke vorhanden war und diese sich nicht auf den zurückgegangenen Wasserstand auflegte, sondern im Reet hängen blieb, bildete sich unter dem Eis eine Luftschicht. Damit war die Tragfägigkeit stark eingeschränkt. Überall brach man ein und musste sich mühsam vorwärts kämpfen. Unser Vater mähte mit der Sense, was das Zeug hielt. Meine Mutter und ich banden das gemähte Reet zu Garben. Diese Garben wurden zum Abtransport auf den steilen Damm hinaufgetragen. Auf dem Deich wurden dann die Garben aufgehockt (aufgestellt wie beim Getreide), damit der Wind hindurchblasen konnte und es schön trocken wurde.

Reethocken

Dieses Reet war auch noch sehr gefährlich, weil es hart gefroren war. Darüberhinaus war es spitz wie ein Speer und an den Seiten scharf wie eine Rasierklinge.
Der erste Tag bei der Reeternte hatte uns alle geschafft, kaputt wie Hund, wie man so schön sagt.
Vier Wochen dauerte die Tortour, dann war das Mähen beendet, dann wurde eine Woche abgefahren und zu Hause wurde es wieder aufgehockt bis zum Sommer. Dann musste der Dachdecker kommen, um es zu verarbeiten.

Reetdachdecker J.Warnke

Mein Onkel, J. Warnke, der von Beruf

Reetdachdecker war, deckte dann unser gesamtes Hausdach in nur drei Monaten neu. So war wieder alles wie neu, im Winter schön warm und im Sommer schön kühl, das sind die Annehmlichkeiten eines Reetdaches.

Ein Jahr weiter

So ging auch dieses Jahr, mit viel Müh' und Arbeit, langsam dem Ende entgegen und es nahte das Weihnachtsfest, Silvester, Neujahr und dann begann ein neues Jahr.

Am neunten Januar 1949 war wieder ein Tag des Herrn, das jüngste Familienmitglied hatte seinen ersten Geburtstag und war bis hierhin gut gediehen. Er war gesund und munter und hatte jetzt in dem Alter schon einen blonden Lockenkopf.

Das nächste Fest war ja auch schon in Sicht, nämlich mein Geburtstag. Die Feier ging diesmal sehr ruhig vonstatten, um nicht zu sagen, äußerst langweilig. Meine Kumpels hatten komischerweise alle keine Zeit oder keine Lust! So verlief eigentlich das ganze Jahr 1949 wie mein Geburtstag öd und fad.

Über die Schule möchte ich lieber nicht sprechen, meine Leistungen hatten rapide abgenommen, die Lust und Teilnahme am Unterricht ließen zu wünschen übrig. Ich musste zwar keine Angst haben, die Versetzung nicht zu schaffen, aber ich schaffte es nur mit Mühe.

Da machte der Bruder Wilfried eine ganz andere Figur. Er war fleißig und strebsam. Er brachte sehr gute Zensuren nach Haus' und war sozusagen „Daddys Liebling", denn er wusste sich auch sehr gut in Szene zu setzen. Dafür wurde er auch meistens mit Arbeit verschont und ich musste dafür etwas mehr ran. Ich war ja auch der Erstgeborene. Die hatten es allgemein etwas schwerer.

Dem jüngsten Bruder, Günther, plagten diese schulischen Sorgen überhaupt nicht, der spielte den lieben, langen Tag mit seiner Quietscheente oder mit der Hauskatze, wenn sie mal auf seinen Kinderwagen sprang. Aber sie war auch gleich wieder verschwunden, mit einem fauchen und miauen sauste sie davon, wenn er sie zu grob am Schwanz zerrte.

So war es denn glücklicherweise oder leider, schon wieder Sommer geworden. Ich freute mich riesig auf die Sommerferien und dachte gleichzeitig mit Tränen in den Augen an die viele
Arbeit, die mir bevorstand.

Torfstechen und Aufriemeln

Mein Vater hatte im Winter schon erzählt, dass er sich zum Torfstechen bei den Bauern verdingen wollte und dass ich als Helfer mitkommen müsste. Wenn man in der damaligen Zeit für einen Bauern Torf gestochen hat, war es allgemein üblich, dass alles was gestochen wurde, geteilt wurde. Die Hälfte der Menge für den Bauern, die andere Hälfte für uns.

Der Torf war in der Zeit ein begehrtes Heizmaterial, denn es gab keine Kohle und kein Öl zum Heizen.

Zu dieser Zeit fuhren die meisten Bauern mit Torfkähnen über die Wümme, Hamme und den Torfkanälen bis in die Großstadt und verkauften den Bewohnern das begehrte Heizmaterial. Sie waren zwei Tage und zwei Nächte mit ihren Torfkähnen unterwegs und nahmen gleichzeitig Obst, Gemüse, Eier selbstgemachte Butter und selbstgebackenes Brot mit. So erwirtschafteten sie sich einen kleinen Nebenverdienst.

Es blieb mir also nicht erspart, mit heulen und zähneklappern ging es am ersten Tag der Ferien ab zum Tarmstedter Moor.

Eine halbe Stunde mit dem Fahrrad und wir waren am Ziel. Dann folgte auch sogleich der erste Spatenstich. Unser Vater steckte ein Karree von 2 x 2 m ab, von dem die erste Schicht von 30 cm, die sogenannte Humusschicht, abgegraben wurde.Mit dem Torfmesser wurde eine sogenannte horizontale Bank von 30 cm Breite und 200 cm Länge geschnitten, dann wurde noch in Spatenbreite vertikal geschnitten, sodass man immer schöne, kantige Torfstücke ausstechen konnte. Unser Vater hat also gestochen und die Stücke nach oben befördert. Meine Mutter und ich mussten mit der Schiebkarre den Torf wegfahren und an geeigneter Stelle „aufriemeln", dass heißt, der Torf wurde in langen Reihen auf Verbund, 3 Stücke hoch, aufgestapelt zum Trocknen. So ging das den ganzen Tag. Nach zwei Stunden war man auf dem Rücken dermaßen verbrannt, dass die Haut in Fetzen herunterhing. Als die Dämmerung einsetzte, kündigte mein Vater endlich den Feierabend an.

Die Radtour nach Hause habe ich nur noch in Trance erlebt. An Abendbrotessen war gar nicht zu denken, es war eine totale Appetitlosigkeit eingetreten. Ich wollte nur noch ins Bett. Da folgte die Katastrophe. Der Körper war so verbrannt,

dass ich mich gar nicht hinlegen konnte vor
Schmerzen. So habe ich die Nacht, im Bett sitzend,
mit Schüttelfrost, Anfällen und Tränen in den
Augen verbracht. Am nächsten Morgen, als mein
Vater mich wecken wollte, lag ich wie erschlagen
in meinem Bett. Da hatte mein Vater dann ein
Einsehen und sagte: "Heute kannst du dich
ausruhen, aber morgen musst du wieder
mitgehen." Dann war er weg.
So ging das die nächsten zwei Monate, Tag für Tag
in dieses verdammte Moor. Ich konnte kein Moor
und keinen Torf mehr sehen, mir war alles
zuwider. Mit Schaudern dachte ich an die Schule,
mein Kopf war leer und der Körper kaputt, wie
sollte das nur weitergehen.
Dieses verflixte Jahr 49 wird mir noch lange im
Kopf rumschwirren und es hat auch sicher einige
körperliche Schäden hinterlassen, die sich erst im
fortgeschrittenen Alter bemerkbar machen
werden.
Jetzt stand uns im Winter „nur" noch die Abfuhr
bevor, das konnte nur im Winter wenn der
Boden gefroren war, erfolgen. Die Eisenräder der
Ackerwagen würden im weichen Moor versinken.

Ackerwagen

Jetzt, als alles geschafft war und draußen nicht
mehr gearbeitet werden konnte, gingen wir
sozusagen in den Winterschlaf.
Meine Mutter saß in der warmen Stube und
strickte für die ganze Familie Pullover, Socken und
schöne warme Wollhandschuhe. Mein Vater saß
auf der Diele und band Reisigbesen aus

Birkenzweigen, die wir aus dem Moor mitgebracht hatten, um sie an die Bauern zu verkaufen.

So ging auch dieses Jahr wieder seinem Ende entgegen. Es nahte das Weihnachtsfest und damit ein paar besinnliche, erholsame Tage und natürlich die Hoffnung auf viele Weihnachtsgeschenke. Für unsere Verhältnisse wurden wir reichlich beschenkt, so wie ich das sah, waren auch alle zufrieden und glücklich.

Bruder Wilfried bekam einen neuen Schulranzen mit einigen Büchern, Heftchen und einem neuen Schreibset. Dieses war gefüllt mit einem Füllfederhalter.

Ich bekam einen schicken Norweger-Pullover, ein paar warme Wollsocken und ein paar Handschuhe. Alles von meiner Mutter gestrickt.

Am aufregendsten war das Weihnachtsfest wohl für das jüngste Familienmitglied, Bruder Günther. Für ihn wurden alle Register eines urtümlichen Weihnachtsfest gezogen, mit einem toll geschmückten Weihnachtsbaum mit brennenden Kerzen und so, das war ja klar, aber dann kam auch noch der Weihnachtsmann. Draußen vom Walde komm ich... usw. und brachte für den Kleinen Geschenke. Da leuchteten die Äugelein und er war total happy.

Für uns beiden „Alten", meinem zweiten Bruder und mich, war dieses Drumherum nicht mehr so wichtig. Unsere Eltern hatten es wieder einmal geschafft, uns alle zufriedenzustellen und glücklich zu machen.

Leuchtspurmunition

So neigte sich auch dieses Jahr dem Ende zu. Es folgte die Silvesternacht mit ganz vereinzelten Leuchtraketen. In Wirklichkeit war es Leuchtspurmunition aus dem Krieg, die abgeschossen wurde. Alle Waffen und die Munition mussten zwar nach dem Krieg abgeliefert werden, aber wie das so ist, es halten sich nicht alle daran. Einige Leute hatten wahrscheinlich die heimlich vergrabenen Waffen und dazugehörige Munition wieder ausgegraben, ballerten jetzt damit in der Gegend rum und machten ihr eigenes Silvesterfeuerwerk.

Was würde uns das neue Jahr bringen. Natürlich hofften alle, dass sich die allgemeine Wirtschaftslage langsam verbessern würde, dass es wieder mehr Arbeit in der Wirtschaft geben würde, damit die Menschen ihr tägliches Brot verdienen konnten.

Wir waren insofern etwas besser dran, da wir fast ausschließlich Selbstversorger waren. Wir hatten Obst, Kartoffeln, Milch, Butter, etwas Getreide, Erbsen, Bohnen, Gurken und jedes Jahr wurde ein Schwein geschlachtet.

Trotzdem blieben immer einige Lebensmittel übrig, die man dazu kaufen musste wie z.B. Zucker, Salz und verschiedene Gewürze.

Dann stand wieder einmal mein Geburtstag an, es war der Dreizehnte. Die Geburtstagsgäste waren etwas dünn gesät. Ich hatte noch nicht soviel gute Freunde gewonnen, dass ich sie zu meinem Geburtstag einladen musste. Somit kamen nur zwei gute Kumpels zur Kaffeetafel. Das war einmal der „Kalle", Karlheinz Hastedt und „Titi", Hans Hermann Tietjen.

Wir drei verbrachten einen lustigen Nachmittag mit Spielen, Kuchen und Kakao. Später kam noch mein Bruder Wilfried dazu, der als kleiner „Streber" bis dahin an seinen Schularbeiten getüftelt hatte.

So verging ein kurzweiliger Tag. Die beiden Kumpels wurden verabschiedet und es kehrte Ruhe ein.

Während des gemütlichen Beisammenseins, verdarb mir unser Vater die Feierabendstimmung mit den Plänen für das Torfstechen im Sommer. Wie ich mitbekam, wollte er noch für einen zweiten Bauern Torf stechen. Jetzt im Winter merkten wir, dass wir mit unserem Heizmaterial nicht auskamen und somit mehr stechen mussten als das Jahr zuvor. Meine Stimmung war mir durch diese Ankündigungen total verdorben. Ich schlich mich wie ein geprügelter Hund davon und verkroch mich in meinem Zimmer. In meinem Bett zog ich mir die Decke über den Kopf, ich wollte nichts mehr hören und sehen.

Jetzt im Moment war schneeräumen angesagt. Obwohl es im alten Jahr kaum geschneit hatte, war jetzt im Februar noch allerhand Schnee gefallen. Wir mussten unsere Zuwegung frei schaufeln. An Schlittschuhlaufen war nicht zu denken. Es herrschte zwar Dauerfrost, aber der war nicht hart genug, um die überfluteten Wiesen gefrieren zu lassen. So war uns dieser Spaß auch genommen. Also blieben uns nur unsere Schlitten für den Spaß. Mit diesen fuhren wir den kleinen aufgehäuften Schneeberg herunter. Das war schon arg frustrierend. Wir „Alten" bildeten uns ein, das ist was für Kinder, aber nicht für uns. So flog der Schlitten wieder in die Ecke.

Kalle meinte, wir sollten mal zur Nachbargemeinde Worpswede fahren. Dort gab es den „Weyerberg", der immerhin knapp 60 m hoch war. Vielleicht konnte man da besser Schlittenfahren.

Schlittenfahren

Am nächsten Tag schnappten wir unsere Fahrräder und fuhren nach Worpswede. Den Berg kamen wir allerdings nicht hoch und so mussten wir unsere Räder unten abstellen. Dann kraxelten wir im Schnee den Berg rauf. Hier konnte man sich einen Überblick über die Schneeverhältnisse verschaffen. Außerdem konnte man den Weitblick bis zur nächsten Kreisstadt (Osterholz-Scharmbeck) genießen. Wir befanden die Schneeverhältnisse als sehr gut und auch die steile Abfahrt hatte es uns angetan. Wir beschlossen, am nächsten Tag mit unseren Schlitten wieder herzukommen. Nach einem kurzen Abstecher zum Niedersachsenstein, dem Ehrenmal für die gefallenen Soldaten im ersten Weltkrieg fuhren wir dann Richtung Heimat.
Am nächsten Tag fuhren wir also mit unseren Fahrrädern, die Schlitten waren hinten angeleint, zum Weyerberg, um dort zu rodeln. Wir wollten, wie alle anderen, den Berg hinunterrauschen. Die Abfahrt war auch noch dicht bewaldet, sodass man leicht an einem Baum landen konnte.
Das war nach den Erzählungen der anderen Rennfahrer am Tag vorher schon passiert. Der Junge kam mit einer Gehirnerschütterung ins Krankenhaus.

So verbrachten wir den ganzen Tag damit, im Slalom zwischen den Bäumen hindurch den Berg herunterzurauschen. Dann wurde der Schlitten mühsam den Berg wieder hinaufgezogen, immer und immer wieder bis es dämmerte. Dann hieß es Abmarsch.

Dann begann bald die Schule wieder und es war erst einmal Schluss mit lustig. Nun war lernen angesagt. Ich musste, ob ich wollte oder nicht, mich anstrengen mitzukommen und weiter zu kommen. In knapp drei Jahren war Schulentlassung. Da ich nicht die rechte Lust hatte, machte ich viel Blödsinn. Dabei hätte ich mich auf den Unterricht konzentrieren müssen. Aber ich war immer wieder durch zunehmende Arbeit und anderen Aufgaben abgelenkt. Unter anderem hatte ich die Aufgabe, jeden Abend um 18:00 Uhr die Kirchenglocken zu läuten. Mein Vater schaffte es durch seine vielen verschiedenen Arbeiten, die bis in die Dämmerung andauerten, nicht pünktlich zur Kirche zu kommen.

Ich hatte mal wieder ein Sturm- und Drangjahr erwischt, mir fielen immer neue Schandtaten ein. Mein Vorsatz, mich jetzt in der Schule etwas mehr anzustrengen, war schnell vergessen.

Schornstein

Das nächste Objekt meiner Begierde war ein ca. 30 m hoher Fabrikschornstein einer ehemaligen Sägerei, die um 1920 abgebrannt war. Bei der ersten in Augenscheinnahme viel mir auf, dass das Einstiegsloch mit Unrat und Gestrüpp zugestopft war, um zu vermeiden, dass jemand den Schornstein besteigt. Das war für mich natürlich kein Hindernis. In stundenlanger, mühevoller Kleinarbeit habe ich das Gestrüpp und den Unrat aus dem Loch entfernt, dann konnte ich, auf dem Rücken liegend, in dem Schornstein nach oben schauen, dabei entging mir nicht, dass bis nach oben Steigeisen eingelassen waren. Jetzt war mein Ehrgeiz geweckt und ich fing gleich an zu steigen, der Weg war steil und lang. Es kam mir wie eine Ewigkeit vor, bis ich oben angelangt war. Erst einmal lugte ich nur ganz vorsichtig über den Rand. Langsam stieg ich auf die letzte Sprosse und guckte jetzt in voller Größe aus dem Schornstein und fing an wilde Lieder zu schmettern, damit mich auch ja alle Leute hier oben wahrnehmen konnten.

So dauerte es nicht lange, bis unser dicker Dorfsheriff auf dem Areal erschien. Der brüllte: "Komm da sofort runter!"

So etwas konnte mir überhaupt keine Angst machen, im Gegenteil, dass heizte mich nur noch mehr an. Und da ich zu der Zeit keine Höhenangst oder Schwindelgefühle kannte, schwang ich kurzerhand meine Beine über den Rand und setzte mich auf den Rand und ließ die Beine nach außen baumeln.

Mittlerweile hatte sich eine größere Menschenmenge angesammelt und lauschte meinen wilden Gesängen. Dazwischen hörte man immer wieder vom Sheriff die Aufforderung: "Komm da sofort runter, oder muss ich dich holen?" Das löste allerdings bei mir nur heftige Lachkrämpfe aus. So hockte ich dann bis in die Dämmerung hinein auf dem Rand des Schornsteins, weil ich doch etwas Schiss hatte vor unserem Dorfpolizisten. In der Dunkelheit stieg ich dann eilig runter und verschwand nach Hause. Ich erwartete natürlich die große Prügelstrafe, aber es geschah nichts. So war die Sache dann bald vergessen, ich war bereit zu neuen Schandtaten.

Dachluke

Da ich jetzt immer öfter zum Glockenläuten eingesetzt wurde, passierte es öfter, dass ich etwas früh dran war und so die Zeit rumkriegen musste bis zum Läuten. Da war dann genügend Zeit hier und da noch einige kleine Späßchen zu machen. An einem schönen Frühlingstag hatte ich noch eine Stunde Zeit die Glocken zu läuten. Vor lauter Langeweile kam ich auf die Idee, einmal den Kirchturm zu besteigen. In der Spitze des Turmes gab es noch eine Dachluke, die wollte ich unbedingt erreichen. Zwei Stockwerke des Turms konnte man über normale Treppen besteigen, die letzten beiden Etagen ging es dann über einfache Leitern bis in die Spitze. Hier guckte ich dann aus der Luke und schmetterte ein Lied. Alle Friedhofsbesucher schauten entgeistert in der Gegend herum, konnten aber nicht definieren, woher der Gesang kam.
Es wurde Zeit zum Läuten.Die Mission war erfüllt, der Turm war bestiegen und ein Lied geträllert. Nichts wie runter und die Glocken in Schwung gebracht.
Zu dieser Zeit musste man die Glocken noch von Hand mit einem Seil in Schwung bringen. Später wurde dann auf Elektroantrieb umgerüstet. Dann brauchte ich nur noch aufs Knöpfchen drücken.
An einem der nächsten Tage nahm ich mir dann Unterstützung mit. Kalle begleitete mich.

Wir waren wieder viel zu früh dran, für eine kurze Zeit sahen wir einem Fußballspiel zu. Das sah von oben recht putzig aus. Nach kurzer Zeit schon hatten wir kein Interesse mehr daran. Uns stach mal wieder der Hafer.

Also bestiegen wir zum x-tenmal den Glockenturm bis zu den dritten Schallöffnungen des Turms Mich stach der Hafer wieder mal besonders stark, schwups htte ich die Fensterladen vor den Öffnungen zur Seite geschoben und kletterte hinaus aufs Dach des Kirchenschiffs und marschierte auf dem First entlang bis zum Ende des Kirchendachs und wieder zurück. Ich erwähnte ja schon, ich kannte keine Angst- oder Schwindelgefühle und ich hatte auch kein bisschen Höhenangst. Es konnte mir gar nicht hoch genug sein.

Damit waren unsere Spielchen aber nicht beendet. Kalle meinte, wir sollten noch mal nach oben in die Turmspitze klettern. So machten wir uns auf den Weg nach oben und rissen oben gleich die Luke auf, grölten ein paar Lieder und schlossen die Luke wieder. Aber unser „Schwarzkittel", (Pastor) im Nebenhaus hatte unser Gebrüll natürlich auch mitbekommen und erschien plötzlich im Glockenturm.

Erst schrie er von unten: "Wer ist da?" Ihr kommt sofort herunter.

Das konnte uns natürlich keine Angst machen. Wir verhielten uns ganz ruhig. Bemerkten aber, wie der Pastor sich auf den Weg nach oben machte. Wir wussten genau, dass er die ersten Treppen noch hochsteigen konnte. Aber wie ging es dann weiter an den Hühnerleitern. Wir warteten in aller Ruhe ab.

Wir wussten eben genau an der ersten
Hühnerleiter war Schluss. Ja, und dann stand er
da unten in seiner Wut und brüllte nach oben-
kommt da sofort runter, ich hab' euch erkannt.
Von wegen, er konnte uns gar nicht erkennen.
Eine halbe Stunde etwa hielt er es aus, dann zog er
von dannen und wir konnten den Turm verlassen.

Pastor

Im Mai ging es dann wieder los, Torfstechen war
angesagt. Das war viel früher als sonst. Das hatte
zum einen den Grund, dass es schon ziemlich
warmes Wetter war und zum andern hatten wir
für zwei Bauern Torfstechen angenommen. Das
war der Hauptgrund für den frühen Beginn. Es
war wieder mal eine harte Zeit, in der die Schule
ziemlich brach lag. Wenn meine Mutter nicht ab
und zu dafür gesorgt hätte, dass ich mal pausieren
durfte, hätte ich wahrscheinlich Probleme
bekommen.
So ging der schöne Sommer dahin, einschließlich
der Ferien.
Im Sauseschritt war alles vorüber und der
Geburtstag von Wilfried rückte näher.
Es war der erste Oktober.
Als Geburtstagsgeschenk bekam mein Bruder
einen Besuch des Bremer Freimarktes geschenkt.
Ich, als der Älteste, durfte als Begleitperson
fungieren. Also mit der Maßgabe, um 20:00 Uhr
seid ihr wieder zu Hause. Wir begannen den
Ausflug um 12:00 Uhr, zuerst zum Bahnhof,
natürlich zu Fuß. Den Weg schafften wir in zehn
Minuten bis zum „Hauptbahnhof Grasberg". Dort
warteten wir dann 15 min auf den Zug „Jan

Reiners" bis dieser eintrudelte. Dann ging es mit einer Geschwindigkeit von etwa 30-40 km/h Richtung Endhaltestelle Bremen-Findorff. Nach etwa einer Stunde hieß es dann direkt am Freimarkt, alles aussteigen. Wir stürzten uns sofort ins Getümmel. Nach dem Münchner Oktoberfest und dem Hamburgerdomfest ist es das größte Volksfest in Deutschland.

Bremer Freimarkt

Meinem kleinen Bruder gingen natürlich die Augen über. Er hatte es ja noch nie gesehen. Diese Vielfalt an Buden und an Fahrgeschäften, Schiffsschaukeln, Achterbahnen und Riesenräder. Man konnte Eis essen, schießen, Lose kaufen und Süßigkeiten an jeder Ecke.
Wir hatten jeder 1,50 DM in der Tasche und wir wusste nicht, was man damit anfangen sollte. Fuhren wir jetzt zuerst im Riesenrad oder kauften wir uns eine Tüte Süßigkeiten oder fuhren wir mit den Autoskootern. Wir entschlossen uns für die Fahrt mit den Autoscootern. Die Fahrt war für uns natürlich viel zu kurz und schon waren 50 Pfennig dahin.
Ich hatte Appetit auf gebrannte Mandeln, eine Tüte 30 Pfennig. Dafür kaufte sich mein Bruder drei Kugeln Eis. Unser Zeitgefühl war uns vollkommen abhanden gekommen bei diesen aufregenden Sachen, die man hier zu sehen bekam. Als ich auf meine Uhr sah, traf es mich wie ein Schlag. Es war 18:30 Uhr und unser Zug ging um 18:45 Uhr. „Jan Reiners" brauchte eine knappe Stunde und so konnten wir es schaffen, pünktlich zu Hause zu sein. Aber als ich meinem Bruder

sagte, dass wir uns jetzt sputen müssten um den Zug zu bekommen, da ging das Theater richtig los. Er konnte und wollte sich einfach nicht trennen vom Freimarkt. Es half kein heulen und zähneklappern. Wir mussten nach Hause und so zog und zerrte ich ihn mit zum Zug. Dann ging es los Richtung Heimat.

Es gab keine Probleme. Wir kamen pünktlich zu Hause an und hatten einen wunderschönen Tag auf dem Bremer Freimarkt erlebt. Ich konnte damals noch nicht ahnen, dass ich für lange Zeit das Volksfest nicht wiedersehen würde.

Mit der Schule ging es zur Zeit etwas besser. Die Herbstzeugnisse sahen nicht so schlecht aus, die Versetzung war perfekt.

Zu unseren vier Hauptfächern, die sich bis heute nicht verändert hatten, wurde jetzt Englisch als fünftes Fach angeboten. Auf freiwilliger Basis wer wollte, konnte mitmachen. Die andern konnten Fußballspielen.

Natürlich war ich Feuer und Flamme. Ich wollte auch englisch sprechen können. Aber ich muss sagen, nach dem ersten halben Jahr war mein Feuer verflogen und ich verbrachte die meiste Zeit damit, irgendwelchen Blödsinn zu veranstalten. Das konnte ja nicht lange gut gehen. So flog ich aus dem Unterricht und durfte auch Fußballspielen.

So schleppte sich das Jahr dahin und außer meinen Eskapaden war nicht viel geschehen, abgesehenl vom Torfstechen und der Erntezeit.

Mit Kalle und Titi war auch nicht mehr viel los. Titi musste in dem neu angeschafften Garten mitarbeiten und Kalle, der ja ein Jahr älter war als ich, wollte Tischler werden und arbeitete ab und an bei seinem späteren Lehrherrn.

Doktorspiele

Also blieb mir ja nichts anderes übrig, als mich mit den kleinen Schulkameradinnen zu beschäftigen. Diese waren alle so in meinem Alter. Waren dreizehn oder vierzehn Jahre. Dann wurde im kleinen Wäldchen am Friedhof, von den Mädchen ein Kaufmannsladen aufgebaut und wir drei Jungen mussten dann Kunden spielen und etwas kaufen. Manchmal wurden dann auch Doktorspiele gespielt, so mit ausziehen und ansehen, aber nicht mit befummeln oder begrabschen.

Ein Mädchen, die blonde Herma W. hatte wohl schon ein paar Jungmädchenträume. Es war die Tochter des Dorfpolizisten. Die wollte es genau wissen. Wie wir alle, zog sie sich auch aus und legte sich auf die ausgebreitete Wolldecke und sagte, ich sollte mich auf sie legen. Sie hätte es schon mal bei ihren Eltern gesehen. Der Vater hätte auf der Mutter gelegen und hätte immer so komische Bewegungen gemacht. Ich sollte das auch machen. Vielleicht hatte sie ja irgendwelche Gefühle dabei, ich jedenfalls nicht. Aber wir wussten ja alle nicht genau, was da normalerweise abgeht und so war das Spiel nach einigen „Ehestandsbewegungen" schnell wieder vorbei.

Alle zogen sich wieder an und spielten dann mit dem Kaufmannsladen.

Das war sozusagen das erstemal, dass ich etwas näher mit dem weiblichen Geschlecht in

Berührung kam. Später hatte ich dann öfter das Glück, die weiblichen Reize kennenzulernen.

Nach diesen Spielereien war wieder Schule angesagt. Das Lernen hatte jetzt Vorrang.

In zwei Jahren sollte ich aus der Schule entlassen werden und hatte keine Ahnung, wie es dann weitergehen sollte. In den Handwerksberufen gab es keine Lehrstellen und zu was anderem hatte ich keine Lust.

Ich wollte so gern Automechaniker werden, aber da hatte ich keine Chance eine Lehrstelle zu finden. Dann, ein Jahr bevor ich aus der Schule entlassen werden sollte, erschien in unserer Schule ein sogenannter „Berufsberater" und klärte uns über die Nachkriegsarbeitsmarktsituation auf. Er erzählte uns ja nichts Neues, wenn er sagte: "Es gibt zurzeit nur ganz vereinzelt Lehrstellen in handwerklichen Berufen." Es gibt nur zwei Berufe die sie wählen können und das ist Bergmann oder Binnenschiffer.

Sollte ich vielleicht wie ein Maulwurf 500 m unter der Erde umherkriechen? Das kam für mich überhaupt nicht in Frage.

Da habe ich für mich entschieden, du wirst Binnenschiffer. Da wirst du dann schön mit dem Schiff durch die Gegend fahren. Da siehst du andere Städte und andere Menschen, das ist bestimmt schön.

Aber ich hatte ja noch 1½ Jahre Zeit bis es so weit war und musste noch hart arbeiten, um ein gutes Entlassungszeugnis zu bekommen.

Die Beziehung zu meinen Kumpeln hatte in letzter Zeit auch etwas gelitten, wie schon erwähnt, mussten die beiden zu Hause mit anpacken und auch ich war ziemlich eingespannt, denn ich ging

dieses Jahr zum erstenmal auf eigene Rechnung zum Torf stechen. Ich hatte mit dem Bauern ausgehandelt nicht um die Hälfte des gestochenen Torfes zu stechen, sondern gegen Bezahlung.
Die Bauern waren schon immer ein geiziges Volk, vor allen Dingen wenn es um Bargeld ging. Somit war klar, dass meine Bezahlung alles andere als üppig ausfiel. Einen Stundenlohn wollte er nicht bezahlen, lieber einen Tageslohn.
Es wurde ein Tageslohn von 20,00 DM ausgehandelt, wofür ich dann bis in die Dämmerung hinein arbeiten musste. Der Bauer nutzte es weidlich aus.

Jüngling beim Torfstechen

So war ich die nächsten vier Wochen damit beschäftigt, dem Bauern eine goldene Nase zu verdienen. Damit war es aber nicht getan. Ich musste mich zu Hause auch an Umbauarbeiten unseres Hauses beteiligen, der jetzt in die entscheidende Phase ging.
Inzwischen waren alle Räume, die Grundmauern und das Dach neu gemauert. Nun fehlte nur noch das Verputzen der Wände. Insgesamt waren vier Maurer, einschließlich meines Vaters, mit dem Verputzen der Wände beschäftigt. Meine Aufgabe war es, den Mörtel zu mischen und die Maurer mit der nötigen Menge zu versorgen, damit alle durchgehend arbeiten konnten. Nach vier Wochen hatte die Putzerei ein Ende und ich konnte mich wieder mit anderen Dingen beschäftigen.
Um mich mit Kalle zu treffen, fuhr ich mit dem Fahrrad zu seinem Elternhaus:"Ist Kalle nicht da?"

fragte ich seine Mutter. Kalle ist mit seinem Vater aufs Feld gefahren, Rüben ernten, sagte sie.

Jetzt war ich aber sauer und preschte mit Karacho nach Titi, um mich mit ihm zu einem Spielchen zu treffen. Seine Mutter sagte mir: "Titi ist zu seiner Oma nach Falkenberg gefahren", der kommt erst abends zurück.

Jetzt ließ ich aber echt die Nase hängen, um nicht zu sagen, ich war beleidigt. Da brauchte man mal jemanden zum Spielen oder Blödsinn machen, dann war keiner da, schöne Kumpels waren das. Ich verkroch mich mit meinem Ärger und einem Groschenroman von „Billy Jenkins" in meinem Zimmer und wurde nicht mehr gesehen.

Der Winter 1951 ließ auch zu wünschen übrig. Es gab kaum Schnee und milde Temperaturen und es lohnte sich nicht, den Schlitten hervorzuholen, geschweige denn die Schlittschuhe, man konnte ja nicht einmal eine Schneeballschlacht machen. Was war das bloß für ein blödes Jahr.

Genau genommen bestand das Jahr nur aus Arbeit, Arbeit, Arbeit. Die einzigste Freude die einem blieb, war das bevorstehende Weihnachtsfest mit einem Besuch auf dem Weihnachtsmarkt in der Stadt, der Jahreswechsel und die Hoffnung auf ein besseres Jahr.

Weihnachtsmarkt in Bremen

Zum Weihnachtsfest haben unsere Eltern uns wieder total überrascht mit kleinen und großen Geschenken.

Der Jüngste, Günther, bekam ein nagelneues Schaukelpferd und einen Brummkreisel, den er selber in Schwingungen versetzen konnte.

Der Wilfried, als unser großer Tüftler, bekam einen Experimentierkoffer mit dem er seinen Wissensdrang befriedigen konnte.

Ich erhielt einen neuen dunklen Anzug, weil im nächsten Jahr meine Konfirmation bevorstand.

Meine Mutter bekam eine Flasche Kölnisch Wasser, das zu damaliger Zeit ein beliebtes und gern gesehenes Geschenk war und noch einen neuen, modernen Kochtopf.

Ja und mein Vater bekam endlich einen neuen, modernen Naßrasierer. Bis dahin hatte er sich noch immer mit einem Rasiermesser rasiert.

So waren wieder alle glücklich und zufrieden, dass neue Jahr konnte kommen.

Es ging ja auch gleich gut los mit Günthers Geburtstag und anschließend mit meinem eigenen.

Dann nahte schon wieder das Osterfest, die Zeit flog nur so dahin. Zu Ostern wollte ich als Fan von Sandbahn- und Aschenbahnrennen ein Motorradrennen in Nähe bei Osnabrück besuchen. Ich hatte mir vorgenommen, mit dem Zelt Samstag und Sonntag dortzubleiben.

Aber ich hatte den Plan ohne den Wirt gemacht und so hat es mich kalt erwischt, als mein Vater mir diese Pläne rundheraus verbot. So verbrachte ich den Nachmittag mit Kalle und Titi an unserem „Fluss", Wörpe genannt. Es war genau genommen ein Flüsschen. Dort saßen wir auf einer Brücke und ließen schon mal die Füße ins Wasser baumeln. Wir waren ja schon ganz beim größten Osterfeuer in der Gegend.

Osterfeuer

Das größte Osterfeuer war beim Nachbarn auf dem Feld.

Es wurde gegrillt und es wurden Kartoffeln geröstet.

Die älteren Jungs tranken ihr Bier dazu, einige auch zu viel. Die fielen dann einfach um, wälzten sich auf dem Acker und schliefen anschließend dort ihren Rausch aus.

So hatte uns der Tag doch noch etwas Spaß und Freude bereitet. Wir machten uns so gegen Mitternacht auf den Weg nach Hause.

Nach Ostern folgt ja alsbald Pfingsten und da wurde bei uns immer noch der alte Brauch des Maibaumpflanzen gepflegt.

Pfingsten

Das heißt, die Jungen aus dem Dorf fuhren am Tag vor Pfingsten mit einem Pferdefuhrwerk zum Tarmstedter Moor und schlugen junge Birken, so an die 50-60 Stück und stellten den beladenen Wagen in einer Scheune ab, wo ihn keiner entdecken konnte.

Am Abend vor dem 1. Pfingstfeiertag fuhr man mit den Birken durchs Dorf. Bei jedem ledigen Mädchen wurde vor dem Haus eine Birke gepflanzt und mit einem Eimer Wasser begossen. Das betreffende Mädchen musste, so wollte es der alte Brauch, nach dem Begießen mit einer Flasche Schnaps aus dem Haus kommen und die Maibaumpflanzer bewirten bzw. abfüllen.

Waren alle ledigen Mädchen im Dorf mit Birken
bedacht worden oder die Birken vergriffen, dann
war meistens alles zu spät.
Der größte Teil der Pflanzer lag total besoffen auf
dem Wagen und röchelte in den letzten Zügen.
Einige grölten noch ein paar anzügliche Songs, auf
die ledigen Mädchen bezogen, das war's.
Die beiden Pferde liefen allein nach Haus', die
kannten den Weg genau.
Auch das alte Jahr lag schon wieder in den letzten
Zügen. Es war wie im Fluge vorüber gerauscht und
es fielen schon wieder die ersten Schneeflocken.
Vor Weihnachten kam dann noch die große
Festlichkeit auf mich zu, ich sollte konfirmiert
werden.

Konfirmation

Ich sollte endlich zum Manne gemacht werden. Es
galt von altersher immer noch der Aberglaube,
nach der Konfirmation bist du erwachsen, vorher
warst du noch Kind, oder höchstens Schulkind.
Obwohl ich heute anders darüber denke, damals
war es das Ereignis in meinem Leben. Es ging ja
auch morgens schon mit dem Abendmahl in der
Kirche los, mit Gottesdienst und allem drum und
dran zog es sich bis Mittag hin. Dann ging es aber
zu Hause richtig los, das ganze Haus voll mit
Verwandten und Bekannten. Es war ein Kommen
und Gehen.
Das einzig schöne daran war, das es viele
Geschenke gab, viel nützliches und viel unnützes.
Natürlich gab es auch viel bares, so etwa
dreihundert DM kamen schon zusammen. Das war
damals, wie heute,sehr vielGeld.

Nach dieser großen Festlichkeit kam ja gleich die nächste, das war Weihnachten.

Meine Eltern bereiteten mich schonend darauf vor, dass es aber zu Weihnachten nicht schon wieder die großen Geschenke geben würde. Ich wäre schon zur Konfirmation reichlich beschenkt worden. Mit etwas hängender Nase gab ich meinen Eltern natürlich recht.

Das alte Jahr war vorbei und das neue Jahr fing gleich mit einer Überraschung an.

Meine Lehrjahre

Berufswahl

Es erschien wieder dieser Mensch von der Berufsberatung in unserer Klasse. Wir sollten uns jetzt und hier entscheiden, welchen Beruf wir erlernen wollten. Wir hätten lange genug Zeit gehabt uns zu entscheiden.

Die Voraussetzungen waren geblieben, wie beim letzten Besuch des Beraters. Es gab vereinzelt Lehrstellen in Handwerksberufen, Maurer, Tischler, Zimmermann oder Automechaniker. Aber ansonsten mehrere Stellen als Bergmann oder Binnenschiffer.

Da wir uns sofort entscheiden mussten, wählte ich natürlich Binnenschiffer. Von dem Berufsberater wurde jetzt Verbindung aufgenommen zu den entsprechenden Firmen und angefragt, ob Lehrlinge gebraucht würden und wie viele.

Wir sollten dann informiert werden, wie die Rückmeldungen ausgefallen waren.

Ich bekam meine Rückmeldung zu meinem Geburtstag auf den Gabentisch. Sie haben sich am

1. April morgens um 8:00 Uhr bei der Bremen-Mindener-Schifffahrtsgesellschaft in Bremen, An der Tiefer 1-5, einzufinden.
Mitzubringen sind: Persönliche Papiere, Schulabgangszeugnis und einPassfoto.
Natürlich musste ich auch diverse Kleidung für Arbeit und Freizeit mitbringen.
Rumps, das hatte gesessen. An einem der nächsten Tage machte ich mich mit dem Fahrrad auf nach Bremen, um auszubaldowern wo sich diese Firma befand.
Ich kannte mich einigermaßen aus und fand die Firma auch gleich. Ein großes Bürogebäude direkt an der Weser, mit einigen Schiffsliegeplätzen genau vor der Haustür, wo die firmeneigenen Schiffe anlegen konnten und die Schiffsführer ihre Formalitäten in der Firma erledigen konnten. Ich sah auch ein Schiff am Anleger liegen und bin gleich runtergestiegen zum Anleger, um mir die Sache etwas genauer anzusehen. Was man üblicherweise als Schiff bezeichnete, war ein etwa 60-70 m langes und ca. 5 m breites, sogenanntes Bockschiff ohne Motor. Also ein Schleppkahn der von einem Schlepper gezogen werden musste. Im Heckbereich gab es drei Kajüten, für den Schiffsführer (Kapitän?), für den Matrosen und den Schiffsjungen, eine Kombüse(Küche) gab es natürlich auch noch.
Ich hatte genug gesehen. Ich war leicht irritiert, denn auf so einem Ding sollte ich drei lange Jahre verbringen?

Bockschiff

Für heute hatte ich genug gesehen. Ich machte mich einigermaßen geschockt auf den Heimweg. Ich überlegte lange Zeit, ob ich richtig gewählt hatte, stellte mir dann aber vor, ich würde 500 m unter der Erde rumkriechen. Maulwurf, um Gotteswillen, das konnte ich mir überhaupt nicht vorstellen. Also alles richtig gemacht

Meinen Geburtstag 1953 hab ich noch in vollen Zügen genossen, mit Kalle und Titi, mit Kaffee und Kuchen und einigen lustigen Spielchen verbrachten wir noch einen letzten, schönen Nachmittag und Abend.

Danach sollten wir uns lange Zeit nicht wiedersehen.

Kalle ging bei einem Tischlermeister in die Lehre, bei Titi waren wir uns nicht klar, was aus dem werden sollte. Er hatte sich nie so richtig geäußert, was er machen wollte.Er lebte mehr oder weniger so in den Tag hinein.

Ich selber verschwand ja sozusagen für drei Jahre von der Bildfläche und ward nicht mehr gesehen. Die Zeit bis zum 1. April verging wie im Fluge. Schon saß ich im Bus nach Bremen. Am Firmensitz angekommen, wurden die Formalitäten erledigt und ein Angestellter brachte mich runter zum Anleger, wo das Schiff angelegt hatte und geleitete mich an Bord des Schiffes, wo mich der Schiffsführer in Empfang nahm und zur Kajüte brachte. Ich hatte gerade noch Zeit, meine Arbeitskluft anzulegen. Dann war auch der bestellte Schlepper schon da und schleppte uns in den Bremer Hafen in dem das Schiff beladen werden sollte. Das Schiff wurde also in mehreren Stunden mit Kali beladen. Dann mussten wir auf einen Schlepper warten, den der Schiffsführer über den Hafenmeister bestellt hatte. Als der Schlepper endlich kam, hatte er schon einen Kahn im Schlepptau. Wir wurden dann noch hintendran gehängt. Dann ging es los, aber nur bis zum nächsten Hafenbecken. Es wurde noch ein dritter Kahn drangehängt. Wie der Matrose mir sagte, waren wir jetzt vollständig und die Fahrt konnte beginnen. Der Schlepper zog uns aus dem Hafenbecken. In einer scharfen Linkskurve um die Mole herum und wir waren im Fahrwasser der Weser. Dann ging es mit 4-5 h/km die Weser aufwärts in Richtung Hameln. Dort wurde die Ladung gelöscht. Bis hierher hatte ich noch Glück gehabt und wurde nicht so sehr beansprucht, weil der Matrose meine Arbeit mit erledigte. Aber das sollte sich bald ändern. Ich merkte sehr bald, dass an Bord eine rauer Ton bzw. eine raue Gangart herrschte. Der Schiffsführer bestand bei der Anrede auf den Titel Kapitän, nicht Schiffsführer, nicht Herr Mahnke, nur Kapitän akzeptierte er. Obwohl überall angeschlagen war- verantwortlicher Schiffsführer ist Herr W. Mahnke.

Schleppzug auf der Weser

Am Abend, es wurde schon dunkel, machten wir halt an einer Anlegestelle um zu übernachten. Am nächsten Tag ging die Fahrt weiter Richtung Hameln und ich bekam gleich neue Arbeit zugeteilt. Das Schiff musste auf Vordermann gebracht und gereinigt werden, der Matrose schöpfte Wasser aus der Weser und goss es mir vor die Füße und ich musste schrubben, schrubben, schrubben bis ich Schwielen an den

Händen hatte und der Schrubber qualmte. Dann kam das Tollste, ich wurde darüber aufgeklärt, dass das Essen zubereiten auch zu meinen Aufgaben gehörte. Nah dann prost Mahlzeit und guten Appetit.

Ich hatte wirklich keine Ahnung von Suppe kochen, Rouladen oder Braten zubereiten.

Ich zeig es dir, meinte der Matrose. Du musst es lernen. Es ging ja auch so lange gut, wie er es mir vorkochte. Wir waren inzwischen in Minden angekommen und wurden von dem Schlepper in die Schleuse gezogen. Es galt einen Höhenunterschied von 13 m zu überwinden. Hier wurde ich voll mit eingespannt. Das Schiff musste in der Schleuse fest vertäut werden, weil es immer höher stieg. In der Schleusenkammer musste es immer wieder neu vertäut werden, bis wir die endgültige Höhe erreicht hatten und herausgezogen wurden.

Schachtschleuse Minden

Am späten Nachmittag trafen wir in dem kleinen Hafen von Hameln ein und machten an der Mole fest. Wir wurden schon sehnlichst erwartet. Wir mussten in aller Eile die Ladeluken abdecken, damit man mit dem Löschen der Ladung beginnen konnte. Es wurde die Nacht hindurch gearbeitet und am Morgen so um 10:00 Uhr war unser Kahn leer und es ging weiter Weseraufwärts nach Hannoversch-Münden. Dort sollten wir Kies laden für das Betonwerk in Porta Westfalica, dann wieder zurück und noch mal Kies laden für Bremen, um in Bremen Kohlen zu laden für das

Kraftwerk Petershagen. Soweit hatte der Matrose mich am Abend informiert. Die Fahrt von Hameln nach Hannoversch-Münden war ja nicht die Welt und so ging es ohne Pause immer weiter. An Schlaf war im Moment gar nicht zu denken. Das Beladen ging sehr schnell.
Wir legten längsseits an dem Eimerbagger an und der lud den ausgebaggerten Kies gleich in unser Schiff. Nach drei Stunden waren wir beladen und der Schlepper, der schon in Warteposition stand, nahm uns gleich auf den Haken und dann ging es Weserabwärts nach Porta Westfalica. Hier mussten wir allerdings einen Tag warten, bis wir entladen wurden. So hatte ich etwas Zeit mich frischzumachen und um das Mittagessen zu kümmern.
Es sollte Linsensuppe geben, so mit Speck und Würstchen und einigen Kräutern. Zwischendurch schlug aber der Kranführer Alarm. Er konnte unsere Ladeluke zum Entladen nicht komplett erreichen. Wir mussten das Schiff zehn Meter weiter neu festmachen, damit es weitergehen konnte. Dann hurtig an den Kochtopf gerannt. Aber da war es schon zu spät, die Suppe hatte etwas angesetzt. Aber sie schmeckte nicht schlecht, meinte ich.
Da war aber unser "Kapitän" ganz anderer Meinung, wie ich feststellen musste. Er hatte nur einen Löffel probiert, da nahm er den ganzen Topf und knallte ihn in der Kajüte an die Wand, dass die Suppe durch den ganzen Raum spritzte und stürmte an Deck in sein Ruderhaus, nicht ohne zu brüllen: "Mach die Kajüte picobello sauber, sonst rumpst es im Karton." Ich hatte mehrere Stunden zu tun, die ganze Brühe von den Wänden und den

Boden zu waschen. Ich fiel wie ein nasser Sack in die Koje und kam erst am nächsten Morgen wieder zu mir. Ich hatte die Augen noch gar nicht richtig auf, da stand er schon wieder vor mir: "Heute mach'st du Bratkartoffeln und Spiegeleier und lass sie nicht anbrennen." Dann war er verschwunden. Bratkartoffeln und Spiegeleier konnte ich sehr gut. Was für ein Glück, da konnte ich vielleicht ein paar Pluspunkte sammeln, wenn das bei dem Schiffsführer überhaupt möglich war. Am nächsten Tag ging es dann wieder die Weseraufwärts um wieder Kies zu laden für Bremen. Wie ich vom Matrosen hörte waren da zwei Tage Liegezeit eingeplant, weil unser Boss in der Firma zu tun hatte. Ich machte mir insgeheim Hoffnung, vielleicht einen Tag nach Hause fahren zu können. Abwarten, erstens kommt es anders, zweitens als man denkt. Als wir kurz vor Bremen waren erfuhr ich, dass wir nur einen Tag am Liegeplatz verbringen würden. Ich bekam zwar an dem Tag frei für einen Landgang, aber nach Hause fahren durfte ich nicht. So ging ich am Vormittag von Bord, ziellos, wahllos, frustriert bis in die Haarwurzeln, tigerte ich durch die Stadt und landete in einer kleinen Kneipe im Schnoor im ältesten Stadtteil von Bremen. Es war schon am frühen Morgen allerhand Betrieb, auch einige, angesäuselte Damen waren anwesend und beobachteten mich argwöhnisch, vielleicht können wir den etwas anzapfen, vielleicht gibt er mal einen aus.

Natürlich tat er das und auch zwei und so waren wir bald in einer schweren Orgie vertieft. Es wurde getrunken was das Zeug hielt, um nicht zu sagen, es wurde gesoffen. Die blonde Hilde saß auf

meinem Schoß und prostete mir dauernd zu.
Nebenbei fummelte sie immer an meinem
Hosenschlitz herum und knutschte mich in einer
Tour.
Ich wusste gar nicht wie mir geschah. Ich war ja
noch Jungfrau/mann, deshalb war der Spargel
nicht am wachsen, er war immer noch unter der
Erde. Irgendwann im Laufe des Tages, das
Zeitgefühl war mir längst verloren gegangen,
machten wir uns auf den Weg.

Erste Liebe

Ich fragte wohin. Komm mit zu mir, wir machen es
uns schön. Ich hatte keine Ahnung, wie sie das
meinte. Aber ich ging natürlich mit. Sie führte
mich in ein kleines Haus. Im Wohnzimmer saß ein
älteres Ehepaar. Meine Eltern sagte Hilde nur kurz
und wir gingen in ein kleines Schlafzimmer, ein
Bett, eine Kommode, das war's.
Bevor ich überhaupt Luft holen konnte, knutschte
sie mich auf das heftigste. Sie steckte ihre Zunge in
meinen Mund, dass mir hören und sehen verging
und hatte wieder ihre Hand an meiner Waffe. Was
wollte sie nur? Ehe ich mich versah, stand sie
plötzlich splitterfasernackt vor mir und schmiss
sich unter Gestöhne aufs Bett und knetete ihre
Genitalien und murmelte immer leise vor sich hin-
f...mich, f... mich. Ich war total aus dem Häuschen.
In meiner Unwissenheit konnte ich nichts damit
anfangen. Aber gerade als ich auch begann mich
auszuziehen, klingelte es an der Haustür. Man
hörte Stimmengemurmel und dann wurde die Tür
zu unserem Zimmer aufgerissen. Mehrere
Polizisten stürmten herein.

Sie müssen mitkommen, sie sind vorläufig festgenommen. Ab ging es zum Revier, wo Hilde abgeblieben war, konnte ich nicht sagen. Ich hatte auch mit mir selber genug zu tun. Ich wusste nicht warum, ich wurde einem Amtsarzt vorgeführt, der mich von oben bis unten untersuchte. Besonders meine Genitalien nahm er ganz genau unter die Lupe und nahm auch einen Abstrich. Was sollte das alles? Später wurde von dem Polizisten ein Protokoll angefertigt. Dann wurde ich auch endlich aufgeklärt. Die Hilde war eine stadtbekannte Prostituierte und Nymphomanin, die als geschlechtskrank in den Akten geführt wurde. Deshalb immer wieder die Frage - hatten sie Sex mit der Frau, haben sie sie unten herum berührt und deshalb auch die Untersuchung beim Amtsarzt.

Ich konnte alles verneinen, soweit war es ja Gott sei Dank nicht gekommen.

Das war der Landgang eines Binnenschiffers mit Hindernissen. Um 22:00 Uhr war ich wieder an Bord und konnte endlich meinen Rausch ausschlafen, um wieder fit zu werden für den nächsten Arbeitstag.

Es ging gleich um 6:00 Uhr los. Der Schlepper brachte uns in den Hafen, wo der Kies entladen wurde. Dann ging's in den Kohlenhafen um Kohlen zu laden für das Kraftwerk Petershagen. Es folgte das übliche nach dem Beladen, aufklaren und Deck schrubben.

Auf der Fahrt zum Anlegeplatz für die Nacht wurde ich darüber aufgeklärt, dass ich in Petershagen aussteigen müsse, um die dortige Schifferschule zu besuchen. Du musst sechs

Wochen im Schulheim bleiben und dort zur Schule gehen.

Das waren ja herrliche Aussichten, die man so nebenbei erfuhr. Es war nur noch ein Tag, bis wir in Petershagen ankamen und ich das Schiff verlassen musste.

Porta Westfalica

Die ganze Reise Weseraufwärts war ich natürlich aufgeregt und nervös. Was würde da auf mich zukommen? Irgendwie war ich aber auch froh, ein paar Wochen von dem Herrn Schiffsführer wegzukommen. In Petershagen angekommen, wurde der Schwenkbaum klar gemacht. Mein Koffer wurde bereitgestellt. Dann musste ich warten bis der Schlepper seine Fahrt verlangsamte. Schwupp, schwang ich mich bäuchlings auf den 4 m langen Schwenkbaum. Der Matrose gab mir einen ordentlichen Schubs und der Schwenkbaum schwang bis ans Ufer und schwupp sprang ich genau so schnell wieder ab und hatte festen Boden unter den Füßen. Ein kurzer Blick zurück, ein kurzes Winken und sie verschwanden in langsamer Fahrt hinter der nächsten Biegung. Ich stapfte die 300 m bis zum Schulheim und wurde von dem Bootsmann der Schule empfangen und ins Schulbuch einge-tragen. Dann ging's den Flur entlang zu meinem Zwe-bettzimmer. Ein Kollege war gestern schon angekommen, mit dem musste ich das Zimmer teilen. Das konnte ich mir gut vorstellen. War ein netter Kerl aus Nordenham, nicht weit von Bremen entfernt. Heute war Samstag und keine Schule, wir hatten also Freizeit. Mit der

Ermahnung des Bootsmann, um 22:00 Uhr ist Zapfenstreich, machten wir noch einen kleinen Spaziergang durch Petershagen, tranken noch ein kleines Bierchen und marschierten dann zurück zur Schule, um in unseren Kojen zu verschwinden. Wolfgang, der neue Kollege und ich verbrachten noch einen schönen Sonntag in Petershagen direkt an der Weser und stimmten uns so langsam auf den ersten Schultag ein.

Schifferschule

Dann am Montag ging es gleich richtig zur Sache. Nach einer kurzen Begrüßung der neu hinzugekommenen Schüler, gingen wir alle in den Saal für die praktischen Fächer und bekamen gleich ein Tauende in die Hand gedrückt. Dann wurden stundenlang Schiffsknoten geübt, Achtknoten, Kreuzknoten, Palstek, Zimmermannsstek usw. usw.

Danach ging es mit spleißen von Drahtseilen bis 20 mm weiter. Um 17:00 Uhr war endlich Feierabend und alles stürmte in die Waschräume und dann zum Abendbrot. Wir hatten schon mächtig Hunger. Das schöne an der Geschichte war ja, dass man sein Essen vorgesetzt bekam. Es schmeckte gleich viel besser.

Unter anderem mussten wir auch Schwimmen,

Rettungsschwimmen und Tauchen üben. Dabei ist mir dann ein schweres Missgeschick passiert. Beim Schwimmunterricht übten wir auch Rückenschwimmen. Dabei trieb ich von der Strömung etwas Weserabwärts bis zu einer Seilzugfähre, die gerade mitten im Fluss war. Ich verspürte einen Schlag am Kopf und wurde von der Fähre unter deren Boden gesaugt. Es wurde dunkel um mich herum. Instinktiv muss ich wohl herumgezappelt haben. Jedenfalls kam ich auf der anderen Seite der Fähre wieder an die Oberfläche und wurde von den Leuten auf dem Schiff an Bord gezogen. Es dauerte ein paar Sekunden bis ich wieder zu mir kam. Ich hatte etwas Kopfschmerzen und war noch ein wenig benommen. Aber sonst ging es mir gut. Dieses Erlebnis hatte mir aber einen so deftigen Schock versetzt. Ich wurde für die restliche Schulzeit vom Schwimmunterricht freigestellt. Die Wochen flogen dahin und ich machte mir schon Gedanken, wie es wohl sein würde, wenn ich wieder an Bord zurückgehen musste.

Eines Tages im Herbst des Jahres 1953 war es dann so weit.

Wir hatten den ersten Lehrgang zur allgemeinen Erleichterung abgeschlossen und bekamen heute unsere Abschlusszeugnisse, mit einer kurzen Erläuterung vom Direktor und dem Bootsmann, überreicht. Von unserer Firma war das Entern an Bord genau arrangiert worden.

Schwenkbaum

Am nächsten Tag kam das Schiff auf der Fahrt nach Holzminden genau an unserer Schule vorbei. Nach dem Abschied vom Kollegen Wolfgang stand ich schon erwartungsvoll am Ufer bereit und sah den Schleppzug mit unserem Schiff um die Flussbiegung kommen. Auf meiner Höhe kam der Schwenkbaum angeflogen. Ich bäuchlings drauf, kräftig abgestoßen und schon schwenkte der Baum mit karacho zurück an Bord.

Ich war wieder zu Hause. Zeit zum Überlegen hatte ich nicht. Nach der wortkargen, kurzen Begrüßung hieß es rein in die Arbeitsklamotten und das Deck schrubben.

Welches ist die am meisten ausgeführte Arbeit in der Binnenschifffahrt? Deck schrubben, Deck schrubben und noch mal Deck schrubben. Das war so eine Marotte der meisten Schiffsführer in der deutschen Binnenschifffahrt. Man glaubte immer, sie müssten ihr neues Auto putzen. Die Fahrt Weseraufwärts nach Holzminden war schnell geschafft und es ging wieder den Fluss abwärts nach Bremen, Kohlen laden. Vor der Schleuse in Minden hieß es vom Bootsmann, schwenk mal raus und hol zwei Liter Milch vom Tante Emma-Laden. Schon war ich rausgeschwenkt und auf dem Weg. An der Schleuse fand ich es aber so interessant, dass ich einen Moment stehen blieb um zu beobachten, wie die anderen Kollegen das Schleusen ausführten. Ich schaute und schaute, bis das Schiff die Schleuse verließ. Als nächstes sollte unser Schiff in die Schleuse gezogen werden. Jetzt wurde es aber Zeit. Ich rannte die zwei

Kilometer zum Laden und musste auch noch einen Moment warten, bis ich bedient wurde. Mir brannte die Zeit unter den Nägeln. Wegen meiner Trödelei war mir die Zeit total weggerannt. Jetzt aber zurück mit meiner Milch, hin zur Schleuse. Als ich ankam, war weit und breit kein „Minden 60" zu sehen, nicht vor der Schleuse, nicht hinter der Schleuse, wo waren die nur hin. Der Schleusenwärter, der mich beobachtete sagte: "Die sind schon längst weg, da biste wohl zu spät gekommen?" Ach du meine Güte. So schnell ich konnte, rannte ich am Ufer entlang um unser Schiff wieder zu sehen. Flussabwärts machten sie immerhin 10 h/km Fahrt und so musste ich ganz schön rennen, um sie wieder einzuholen. Nach langer Rennerei sah ich sie endlich und hatte sie dann auch bald eingeholt. Der Bootsmann sah mich zuerst am Ufer rennen, mit der Milchkanne in der Hand und stieß den Schwenkbaum raus zu mir. Wie gewohnt bäuchlings rauf und ab an Bord. Aus dem Augenwinkel sah ich den Schiffsführer schon kommen. Ich hatte den Fuß noch gar nicht ganz auf festen Boden, da kriegte ich die Faust des Mannes mitten ins Gesicht und ging mit meiner Milch zu Boden, schlug mit dem Kopf auf eisernen Decksplanken und hörte für ein paar Sekunden die Vöglein singen. Als ich wieder zu mir kam, hatte mich der Bootsmann in meine Koje verfrachtet, hatte mir ein Tuch für die blutende Nase und einen Eisbeutel für mein lädiertes Auge gegeben. Dieses Erlebnis hat mich nie mehr losgelassen und hat dafür Sorge getragen, dass ich im November 1953 bei Nacht und Nebel fluchtartig das Schiff verließ.

Ich hatte keine Vorstellung was jetzt werden sollte. Nach Hause durfte ich nicht. Mein Vater hätte mich halbtot geschlagen. Aus der Lehre laufen, keine Arbeit, wo gab's denn so was.

Ich hatte auch keine Ahnung was ich machen sollte, wo ich hinsollte. Ich schlief die restlichen Stunden der Nacht in einer Scheune im Stroh, bis mich der Bauer am nächsten Morgen weckte. Er nahm mich gleich mit auf seinem Bauernhof. Dieser lag genau am Deich der Lesum, einem Nebenfluss der Weser.

Seine Frau kochte Kaffee. Danach gab es Spiegeleier mit Speck. Ich wurde von beiden freundlich aufgenommen und köstlich bewirtet und der Bauer bot mir gleich Arbeit an, die ich natürlich gern annahm.

So hatte ich doch immerhin ein Alibi, wenn ich nach Hause kam. Seht her, ich habe Arbeit und verdiene Geld, habe Kost und Logis, alles okay. Die Arbeit ließ sich ganz gut an. Vieles kannte ich ja von zu Hause, das Ausmisten der Ställe, das Füttern, das Melken. Ich war zwar mit den Arbeiten vertraut, aber es war trotzdem eine Umstellung. So lief die Zeit eigentlich in ruhigen Bahnen. Die Leute waren nett und freundlich und ich musste keine Angst haben, dass irgendjemand handgreiflich wird.

So ging es bis zum 13. Dezember.

Schicksal

Dann hat das Schicksal zugeschlagen, oder sollte ich sagen, meine Dummheit hat mir einen Streich gespielt.

Ich war am Nachmittag gerade dabei Futterkohl für das Vieh zu häckseln, als sich ein Strunk von diesem Kohl im Häcksler verklemmte, ich versuchte diesen Strunk vorsichtig herauszuziehen, rutschte aber dabei mit der Hand von dem glittschigen Kohl ab und saß plötzlich mit der Hand in der Maschine.

Urplötzlich stand die Maschine und meine Hand saß fest. Die Messer im Gerät hielten mich gefangen. Ich musste das Gerät vorsichtig zurück drehen, um die Hand freizubekommen.

Dann hatte ich die Hand frei. Das Blut schoss heraus. Es waren Venen durchtrennt, dass war mir sofort klar.

Von meinem Geschrei waren die Bauersleute aufgeschreckt und kamen beide angerannt.

Ich schrie nach einem Tuch oder ähnlichem, um den Arm abzubinden. Aber die Frau war so aufgeregt, dass sie dies nicht schaffte. So musste ich es selber tun. Schnell zum Doktor, der wohnt gleich an der Hauptstraße, meinte sie und hielt mir ein Fahrrad hin, welches ich benutzen sollte. Ich schwang mich also aufs Rad und stürmte bei dem Doktor in die Praxis. Nach kurzer Begutachtung meinte er, noch mal Schwein gehabt, das Messer der Maschine hat nur oben auf der Hand, zwischen Daumen und Zeigefinger eine Vene durchtrennt, da müssen wir etwas klammern. Beim Verbinden und Drehen der Hand sah er, dass das Messer bis in die Handfläche durchgeschlagen hatte.

Da griff er nur noch zum Telefon und forderte einen Krankenwagen an.

Am 14.12.1953 hat man mir den rechten Zeigefinger amputiert mit dem Argument:" Wir mussten amputieren, der Finger wäre steif geblieben, weil auch die Sehnen durchtrennt waren. Der hätte ihnen ewig im Weg gestanden"

Weinachten zu Hause

Am 24.12. wurde ich auf eigene Verantwortung aus der Klinik in Bremen entlassen und von meinem Vater abgeholt. Ich war nach fast einem Jahr wieder zu Hause und Invalide.
Die Genesung dauerte fast ein halbes Jahr. Eine neue Arbeit fand ich auch nicht, weil alle Welt annahm, ich wäre mit der Verletzung nicht voll arbeitsfähig.
Erst Anfang des Jahres 1954 nahm ich eine Anstellung als Knecht auf einem Bauernhof an. Ich musste nehmen was ich kriegen konnte.
Leider dauerte die Anstellung nur zwei Monate. Keiner hatte mir gesagt, dass der Altbauer paranoid war.
Ein Überfall mit einer Mistgabel des kranken Mannes führte zu meiner panischen Flucht vom Hof
Als nächstes fing ich auf einem Bauernhof als Verwalter an und musste mit der Frau des Besitzers den Hof führen, was mir eigentlich ganz gut gelang
Ein kleiner Zwischenfall sorgte für Irritationen und man sprach mir die Qualifikation zum Verwalten eines Bauernhofes ab. Das bedeutete also fristlose Entlassung.
Obwohl mir das Landleben gefiel und ich sehr gern mit Pferden arbeitete, merkte ich doch, es war nicht mein Ding. Iich war zu „höherem" geboren. Ich wollte unbedingt in der Großstadt

arbeiten, dort Fuß fassen und irgendwas Technisches machen.

Arbeiten in der Großstadt

Der erste Job in der Großstadt war als Hilfsarbeiter auf dem Bau. Als Neuling musste man natürlich immer die schlechteste Arbeit ausführen. Das bedeutete auf dieser Baustelle Beton mit der Schubkarre verteilen. Es lag noch etwas Schnee, daher ging es nicht so schnell vonstatten und der Vorarbeiter brüllte mir entgegen: "Wo kein Schnee liegt, kannste ruhig ein bisschen zulaufen." Mich traf es wie ein Donnerschlag. Als ich auf gleicher Höhe mit ihm war, hab ich die Karre einmal angekippt und er stand bis zu den Knien im flüssigen Beton. Du kannst mich am A.........lecken, holte meine Klamotten aus dem Bauwagen und verschwand in der nächsten Tür.

Dort arbeitete eine andere Firma. Bei der fing ich gleich wieder an zu arbeiten.

So ging es eigentlich bis zum Jahr 1956 mit wechselnden Arbeitstellen und immer neuen Anforderungen, bis ich in einer Straßenbaufirma anfing. Das war endlich mal was Technisches, etwas was ich immer machen wollte.

Meine erste Arbeit bestand darin, mit dem Vorarbeiter in unserem Dorfe die neue Trasse abstecken. Dann musste alles mit Baggern ausgekoffert werden und mit Sand aufgefüllt und planiert werden.

Dann schlug meine große Stund. Ich wurde in der Firma als Maschinist ausgebildet. An Planierraupen, Radlader, Seilzugbaggern und an einer 0,5 qm³ Betonmischmaschine.

Nach einem Jahr war die neue Hauptstraße in unserem Dorf fertig und es gab eine neue Baustelle in einem Ort an der Weser. Ich wollte unbedingt dabei sein, also reiste ich mit.

Im Winter, wenn der Frost einsetzte, wurden wir nach Hause geschickt und bekamen Schlechtwettergeld. Im Frühjahr mussten wir dann wieder antreten.

Im Frühjahr 1957 bekamen wir keine Benachrichtigung zum Arbeitsantritt. Was sollte das denn bedeuten, die Arbeiten waren nicht abgeschlossen. Es war frostfreies Wetter und nichts passierte.

Mit einem Kollegen machte ich mich auf zum Firmensitz. Dort traf uns doch glatt der Schlag. Das Gelände war verriegelt, am Tor ein Amtssiegel. Am Eingang des Bürogebäudes das Gleiche. Auch ein Amtssiegel dran, das war's dann wohl, die Firma war pleite.

Ich stellte mich dann bei dem größten Autobauer in Bremen, Firma Borgward, vor, um hier nach Arbeit zu fragen. Was für ein Glück. Ich wurde gleich angenommen. Normalerweise war es verdammt schwierig, in so ein Unternehmen angenommen zu werden. Ich wurde an einer Hydraulikpresse ausgebildet und musste fortan Türen und Kotflügel pressen. Es war eine Arbeit die Spaß machte und bei der man nicht schlecht verdiente. Ich bekam 1,76 DM die Stunde. Im ersten Jahr verdiente ich 3 400,00 DM. Es war für damalige Zeiten wirklich ein guter Verdienst, wenn man bedenkt, dass ich im gewissen Sinne ein

Hilfsarbeiter ohne abgeschlossene Berufsausbildung war.

Das schöne Leben, die schöne Arbeit und der schöne Verdienst fanden urplötzlich ein jähes Ende, als es Ende 1958 hieß, sie werden entlassen. Die Firma Borgward ist pleite. Der Herr Borgward hat sich bei einem großen Amerikageschäft verschluckt, beziehungsweise alle Welt hat ihn boykottiert und ihn kaputt gemacht

Führerschein

1958 war auch das Jahr, indem ich meinen Führerschein Klasse III für PKW machte. Eine kuriose Angelegenheit, wenn man bedenkt, wie die Schulung ablief. Der theoretische Unterricht verlief ja noch völlig normal, die praktischen Stunden waren alles andere als normal. Ich kannte den Fahrschullehrer sehr gut. Wir duzten uns schon seit längerer Zeit. Nimm Platz, von anschnallen war damals noch keine Rede. Kupplung treten, in Leerlauf schalten und anlassen. Nun fahr mal los, geradeaus und an der nächsten Ampel links, dann auf der rechten Seite einparken. Auch das einparken bekam ich ganz gut hin, mach den Motor aus, sagte er dann. Was willst du eigentlich bei mir? Du kannst doch fahren. Hast wohl zu Hause schon geübt? Also setz dich nach hinten und lass' den Kollegen ans Steuer. Das war meine erste Fahrstunde. Es folgte dann in folgenden Woche noch mal eine Stunde, das war's. Eine Woche drauf war Prüfung. Ich war gut gerüstet und absolvierte die Theorie mit links und dann ging's zur Praxis. Der Prüfer steigt ein. Fahren sie mal los, geradeaus und nächste links.

Er beobachtete genau, wie ich die Kupplung trat, die Schaltung in die Leerlaufstellung brachte und den Wagen startete. Auch der Blick in den Rückspiegel entging ihm nicht.

Dann ging's los. Gerade aus, dann links, dann in der nächsten Lücke rechts einparken. Auch das klappte bestens. 10 cm vom Bordstein entfernt, stand das Auto genau richtig. Setzen sie sich nach hinten, der Nächste. Das war meine ganze Fahrprüfung. Kaum einen Kilometer gefahren, das war's.

Als wir wieder an der Fahrschule ankamen, zückte der Prüfer seine Blankoführerscheine, setzte seine Unterschrift darunter und mit einem „Herzlichen Glückwunsch" bekam ich meinen Lappen (Führerschein) ausgehändigt. Fortan war ich Kraftfahrer und wollte nun auch fahren.

LKW Fahrer

In den folgenden zwei Jahren fuhr ich LKW bis 7,5 t in Baustofffirmen, Hafenspeditionen und Expressfuhrparks. In diesem Jahr machte ich auch meine erste, ernste weibliche Bekanntschaft. Sie  hieß Renate und war Bedienung in der etwas verrufenen Dorfkneipe „Geiler Hahn". Sie war dass, was ich mir in meinen Träumen immer ausgemalt hatte. Etwa 1,65 m, schwarzhaarig, braune Augen und eine tadellose Figur. Sie war vor kurzer Zeit Witwe geworden. Ihr Mann war mit dem Motorrad tödlich verunglückt.

Wenn sie Feierabend hatte in der Kneipe, was meistens sehr spät war, holte ich sie ab und brachte sie nach Hause. Es kam auch zu einigen Zärtlichkeiten, aber außer küssen und einigen Streicheleinheiten ließ sie nichts zu. So ging es einige Wochen. Meine Liebe wurde immer stärker. Ich wollte mehr und versuchte es mit verschiedenen Methoden. Aber es half nichts, sie ließ nicht mehr zu.

Eines Abends stand ich wieder da und wartete auf ihren Feierabend. Es war nach 2:00 Uhr. Das Licht war schon eine halbe Stunde aus, aber sie kam nicht raus. Es wurde mir zu dumm und ich stieg aus, um an den Fenstern zu schauen, ob noch irgendwo Licht brannte.

Da hörte ich an einem Fenster Geräusche und Stimmengemurmel. Ich blieb stehen und hörte zwei Personen beim Sex. Ich hörte jetzt das rhythmische Knarren des Bettes, ah, ah, ja, mach weiter. Ich komme, ja, oh. Ich hatte genug gehört. Es war eindeutig. Der Kneipier und meine geliebte Renate beim Sex. Verdammte Schei.... Das hat mich fast umgehauen. Die Tränen schossen mir in die Augen. Ich wäre am liebsten rein gestürmt und hätte sie beide platt gemacht.

Das ging doch etwas gegen meine Natur. Wie konnte sie mich so enttäuschen und blamieren. Ich hatte immer Rücksicht genommen. Sie war früh Witwe geworden und nun stieg sie gleich mit dem erstbesten Kerl ins Bett. Ich verstand die Welt nicht mehr.

Ich sprang in den Leihwagen, den ich extra für sie geliehen hatte, um sie ein bisschen rumzufahren und brauste davon. Im Kopf kreisten die Gedanken und sagten immer wieder-mach Schluss, mach Schluss. Aber dazu war ich wohl zu feige und traf den Baum nicht voll, sondern streifte ihn nur. Jetzt kam ich total in Panik und ergriff die Flucht. Ein Leihwagen und dann ein Schaden. Jetzt war alles zu spät.

Am nächsten Tag war die Frist zur Abgabe des Autos abgelaufen. Es war noch nicht mal Mittag, da standen die Angestellten der Leihfirma vor der Tür und holten das Auto ab.

Nach zähen Verhandlungen mit dem Firmeninhaber berechnete er mir kulanterweise nur 200,00 DM für den Schaden am Fahrzeug und erstattete keine Anzeige bei der Polizei. Außerdem ließ er sich auf Ratenzahlung ein. Somit war ich noch sehr glimpflich aus dieser Sache rausgekommen. In meinem Schockzustand war mir jetzt alles egal. Ich wollte weg, weit weg und nichts mehr hören und sehen.

Ich kündigte meine jetzige Arbeitsstelle und suchte in den Stellenangeboten der Zeitung nach einer neuen Beschäftigung. Sie musste nur weit weg sein, nach Möglichkeit im Ausland. Ich wollte schon immer mal in ein fremdes Land, andere Menschen kennenlernen. Da fiel mir eine Anzeige ins Auge von einem großen deutschen Zirkus, der für eine Saison Zeltarbeiter und Tierpfleger suchte. Die Reise sollte über Elsass-Lothringen, Frankreich, Dänemark nach Schweden gehen.

Im Zirkus

Zirkus Franz Althoff

Es wurde ein Lohn von 70,00 DM und freie Kost und Logis geboten. Ich war hellauf begeistert. Erstens bekam ich viel Abstand zu meinen negativen Erlebnissen mit meiner großen Liebe Renate und stellte mir gleichzeitig das schöne Leben, die tollen Reisen und die Begegnungen mit fremden Menschen vor.

Schon schrieb ich an meiner Bewerbung. Es ging mir alles nicht schnell genug. Aber schon eine Woche später hatte ich die positive Nachricht in den Händen. Ich war angenommen und sollte mich am 25.02.1961 in Trier, dem Winterquartier einfinden.

Es ging auch sofort los. Nach den Formalitäten im großen, exklusiv ausgestatteten Wohnwagen der Althoff Familie, bekam ich gleich Druck vom Vorarbeiter. Ohne „Kost" musste ich in die Arbeitskleidung springen und beim Verladen der Zelte und des Zubehörs helfen. Es wurde alles auf Wagen geladen und Traktoren fuhren alles zum Bahnhof. Dort verlud eine andere Kolonne die Wagen auf die Waggons. Obwohl alle Kollegen, ich selber natürlich auch, total kaputt und müde waren, gab es keine Zeit zum schlafen.

Wohnwagen für 4 Personen

Auf dem Bahnhof wurden alle Leute auf die einzelnen Wohnwagen aufgeteilt. Je zwei Mann bekamen eine Hälfte des Wohnwagens zugeteilt, darin zwei Kojen, ein Tisch, zwei Stühle, das war's, das war unser „Logis". Das war sozusagen meine erste Enttäuschung. Von wegen schöne Reise, die ich mir in meiner Blauäugigkeit ausgemalt hatte. Daran musste ich mich erst gewöhnen, hier die Nächte zu verbringen und dann noch mit einem vollkommen fremden Menschen.

Aber jetzt war ich gezwungen mitzuspielen, ob ich wollte oder nicht, ich ließ alles auf mich zukommen. Unser erster Spielort war der Marktplatz in Colmar. Die Fahrt vom Bahnhof zum Marktplatz dauerte ungefähr 15 min. und dann ging's los. Wenn die Wagen ankamen, wurde das Zeug von den Wagen gerissen. Ein Teil der Leute verteilte auf Anordnung des Zeltmeisters und seiner Helfer, die sich mit der Materie auskannten, die Pfosten, Planen und Erdnägel an den dafür vorgesehenen Stellen. So ging das bis in die Nachmittagsstunden. Dann lag in der Mitte des Platzes das Chapiteau/Zelt und drumherum das ganze Zubehör und Kleinteile. Die Wagen, die nicht mehr gebraucht wurden, standen am Rand des Platzes in Reihe aufgestellt, sozusagen als Abgrenzung. Davor die Wagen mit den Tieren, Löwen, Tiger, Pferde und sonstige. Die Elefanten wurden zu Fuss vom Bahnhof zum Platz geführt. Jetzt begann aber erst die Arbeit eines Zeltarbeiters. Das Hauptzelt war inzwischen von den Spezialisten, die schön länger beim Zirkus tätig waren und mit einem Autokran und verschiedenen Winden hochgezogen worden. Dann kamen die Zeltarbeiter dran. Jeweils drei Mann bekamen einen Vorschlaghammer. Dann wurde ein Erdnagel, eine spitze Eisenstange 1 m lang, 5 cm Durchmesser angesetzt und alle drei mussten diese Eisenstange mit abwechselnden Hammerschlägen in die Erde treiben.

Das ging so bis in die Abendstunden. Einen Feierabend kannten die Leute beim Zirkus wohl nicht

Um zwei Uhr in der Nacht war es dann endlich geschafft und wir waren auch geschafft, wie scheintot fielen wir in unsere Kojen und wurden morgens um 6:00 Uhr unsanft aus unseren Träumen gerissen durch das Gebrüll des Vorarbeiters.

Die restlichen Arbeiten mussten noch erledigt werden. Am Mittag gab es dann die erste Kost, ein wenig Wassersuppe, ein Stück gebratenen Fisch und ein paar gekochte Kartoffeln. Für schwer arbeitende Menschen war es sehr wenig.

Nach dem Essen hieß es Livree anziehen. Wir waren bei der 15:00 Uhr Vorstellung die Kartenabreißer und den Leuten die Plätze zuweisen. Anschließend mussten wir noch einigen Artisten ihre Utensilien zureichen. Danach war endlich Pause bis zur 20:00 Uhr Vorstellung.

Zwei Tage spielten wir in Colmar. Nach dem Abbau ging es für drei Tage nach Belfort und dann drei Tage Straßburg. Nach dieser Spielzeit, an drei Orten jeweils für drei Tage, mit Aufbau, Abbau, Aufbau, Abbau und den Bahnfahrten von einem Ort zum andern, waren wir alle erledigt und nicht in der Lage, irgendetwas zu unternehmen, sich die Städte anzugucken oder sich mit den Menschen zu unterhalten. Es gab viel Arbeit, wenig zu essen und keine Freizeit. Verdammt war das ein harter Job.

Die Spielzeit war vorbei und es ging auf die Reise nach Dänemark Es war eine lange Reise und wir hatten endlich Zeit zum Ausruhen.

In Kopenhagen angekommen, ging es gleich wieder zur Sache. In gewohnter Weise Zelt aufbauen, Manege, Sitzplätze einrichten, Vorstellung begann um 20:00 Uhr. In Kopenhagen waren drei Spieltage angesetzt.

Nächste Station war dann schon Schweden. In Malmö ging's los. So ging es mit den üblichen Auf- und Abbauten immer weiter in Richtung Polarkreis. Es kamen Stockholm, Linköping, Nyköping, Norrköping, Örebro und Västeras. Seit der Spielzeit in Stockholm hatten wir, speziell der Werner und ich, weibliche Fans bekommen, die uns in allen Spielorten schon erwarteten. Immer wenn wir mit unserem Tross eintrafen, waren die beiden Fans schon da und erwarteten uns. Während unserer Arbeitszeit hatten wir natürlich wenig Gelegenheit, uns mit den beiden Mädchen zu unterhalten. Sie stellten sich als Inga und Kristin vor. Inga schwarzhaarig und tolle Figur, gefiel mir besonders. Kristin war etwas fülliger und blond. Die Rollen wurden schon gleich gut verteilt. Inga fühlte sich wohl zu mir hin- gezogen. Bei mir war auch gleich das Gefühl für sie besonders stark. Kristin war gleich mit meinem Kollegen Werner am Schäkern. Wir verabredeten uns immer für die Zeit nach der Vorstellung in unserer Freizeit. So entspann sich im Laufe der Wochen eine innige Freundschaft.

Wir tauschten zunehmend Zärtlichkeiten aus. Wir küssten uns innig und ließen keine Berührungen aus. Es war heißes Petting und noch mehr.

So kam es wie es kommen musste. Eines Abends luden wir die beiden Mädchen in unseren Wohnwagen ein und verkrochen uns, unter küssen und streicheln in unsere Kojen.

Ich bekam aus den Augenwinkeln mit, dass Kristin den Werner schon nackig gemacht hatte und sich in der Einführungsphase befand. Ich war natürlich auch nicht untätig geblieben und hatte meine Inga unter küssen die Kleidung ausgezogen und befand mich auf den Weg ins Allerheiligste als plötzlich und unerwartet die Tür unseres Wagens aufgerissen wurde

Vor der Tür standen drei volltrunkene Schweizer Artisten aus unserem Zirkus, die in der Vorstellung Einfingerhandstand auf Flaschen machten. Drei kleine Würstchen und billige Artisten. Sie standen also vor unserer Tür. Alle drei hatten ihre Hosen offen und ließen ihren Penis heraushängen.

Sie machten unsere beiden Mädchen auf die übelste Weise an und beschimpften sie als Huren. Wir sprangen beide aus unseren Kojen und hielten den drei Möchtegernartisten unsere Fäuste unter die Nase. Da verschwanden sie jaulend in ihre Wohnwagen. Nach diesem Vorfall war die Stimmung natürlich im Eimer. Unsere beiden Mädels waren schwer geschockt und gekränkt. Sie haben vielleicht angenommen, wir wären genau solche Typen. Sie zogen sich ihre Kleider an, küssten uns zärtlich und gefühlvoll und ver-schwanden ohne ein Wort zu sagen in der dunklen Nacht.

Ich nehme das Ende vorweg, wir sahen sie niemals wieder. Es war schon ätzend, wieder eine verlo-rene Liebe. Wir waren uns doch einig, sie wären mit nach Deutschland gekommen. Oder hatte sie mich auch betrogen wie Renate? Ich wollte es nicht glauben. In Västeras ist es dann passiert. Nach diesem Desaster und der wochen-langen Quälerei, nach den kargen Mahlzeiten und diesem endlosen Gebrüll des Vorarbeiters und seiner Helfer, platzte uns endgültig der Kragen. Mitten in der Nacht schnappten wir unsere Koffer und verschwanden in der dunklen Nacht. Wir waren sozusagen auf der Flucht. Wohin sollten wir gehen. Es gab hier auf dem flachen Land und mitten in der Nacht keinen Bus noch eine Bahn, also hieß es laufen - laufen. Eines wussten wir immerhin, wir mussten Richtung Süden gehen, also Richtung Stockholm. Wir gingen zu Anfang immer auf Nebenstraßen, befestigten Wegen und mieden die großen Hauptstraßen.

Nach drei Tagen erreichten wir eine Eisenbahnlinie, eine eingleisige Strecke. Die Bahn hat normalerweise immer die kürzesten Verbindungen zwischen den Orten und so entschlossen wir uns, auf den Schienen weiterzugehen. Wir waren schon zwei Tage gelaufen, ohne auch nur ein Haus, geschweige denn einen Menschen gesehen zu haben. Aber dann tauchte plötzlich ein kleines Holzhäuschen auf. Es war wohl ein Bahnwärterhäuschen, ohne brauchbarem Inventar und ohne etwas Essbarem. Nicht mal ein fauler Apfel war zu finden. Mist, wir hatten Kohldampf. Aber ich entdeckte außerhalb der Bretterbude ein Schienenfahrrad oder besser eine Draisine und ich hatte auch gleich die passende Idee dazu.

Draisine

Wir konnten doch wunderbar damit fahren und brauchten nicht mehr laufen. Schon stellten wir das Ding auf die Schienen und verstauten unsere Koffer. Werner hockte sich auf die Querstange der Draisine und ab ging die Post. Durch die lange Übersetzung des Tretlagers erreichten wir eine hohe Geschwindigkeit, die uns weit voran brachte. An diesem Tag hatten wir nach meiner Einschätzung mindestens 100 km geschafft. In der

Ferne tauchte wieder so eine kleine Bretterbude auf. Mit unverminderter Geschwindigkeit fuhren wir weiter, bis wir an eine Weiche kamen, an der wir plötzlich mit unserer Draisine entgleisten. Was soll das denn, Mist aber auch. Wir waren noch dabei unser Gefährt wieder auf die Schienen zu stellen, als wir plötzlich viele Gestalten um uns herum entdeckten. Sie kamen immer näher- Polis, Polis, hands up, tönte es uns entgegen.

Es war Polizei, die uns sofort umstellte. Sie rissen uns die Hände auf den Rücken und es klickten die Handschellen. Die Kappmesser, die wir bei uns trugen, wurden uns entrissen. Sie verfrachteten uns ins Auto und fuhren zum weiteren Verhör ins Polizeigefängnis nach Örebro. Sie sperrten uns in eine Zelle. Dann war Ruhe und wir konnten darüber nachdenken, was wir eigentlich ver-brochen hatten und wozu sie uns festgesetzt hatten. Nach den abgeschlossenen Verhören verbrachten wir noch zehn Tage in Örebro, wurden von einem Hotel in der Nachbarschaft verpflegt. Jeden Morgen fuhr ein Beamter mit uns zu einem schönen Waldsee zum Schwimmen. Es war der Himmel auf Erden, wenn man so will. Dieses süße Leben hatte urplötzlich ein Ende, als wir zur Gerichtsverhandlung nach Linköping gefahren wurden.

Gerichtsverhandlung

Vor dem Kadi lief es alles wie im Film ab. Es wurde uns ein Pflichtverteidiger gestellt, der kein Wort deutsch sprach, wie auch das ganze Gericht nur schwedisch sprach. Dann gab es auch eine Dolmetscherin, die in der ganzen Verhandlung kein Wort sagte. Wahrscheinlich sprach sie auch kein deutsch. Somit bekamen wir überhaupt nichts mit. Am Ende der Verhandlung konnte sie dann doch sprechen. Im hakeligen deutsch erklärte sie uns, dass wir zu einem Monat Gefängnis verurteilt waren und fünf Jahre des Landes verwiesen wurden.

Mit dieser Begründung konnten wir wenig anfangen. Es hieß darin, wegen allgemeiner Verkehrsgefährdung und Eingriff in den Schienenverkehr. Dabei hatten wir niemand gefährdet. So dachten wir. Da es zu der Zeit nur eingleisigen Bahnverkehr in Schweden gab, ging man davon aus, es hätte ja ein Zug kommen können und es wäre dann ein schweres Unglück passiert. Wir mussten die Strafe sofort antreten und wurden deshalb in das Gefängnisin Linköping gebracht.

Da waren wir vom „Luxusleben" in die "Hölle" gekommen. In einen Knast, der mit Alkohol-kranken überfüllt war und wo es zum Mittag einen Hering und fünf Pellkartoffeln gab. Am Abend zwei Knäckebrote mit Käse und einen Becher Tee. Zu allem Unglück wurden wir auch noch getrennt. Man döste nur so vor sich hin, niemand mit dem man sich unterhalten konnte, es war echt die Hölle. Man hatte viel Zeit zum Nachdenken und schon kamen sie wieder, die bösen Erinnerungen und schlechten Gedanken. Renate kam mir wieder in den Sinn. Ich liebte sie noch immer und konnte die Gedanken an sie nicht aus meinem Kopf kriegen. Es trat erst nach vierzehn Tagen eine leichte Besserung ein. Wir hatten sozusagen Freigang im Knast und durften uns gegenseitig in unseren Zellen besuchen

Wenn wir wollten, durften wir auch schwedische Insassen besuchen. Und so bahnten sich so ganz allmählich einige Kontakte an, mit denen man dann auf deutsch, schwedisch und englisch radebrechte oder auch mal kleine Tauschgeschäfte machte. Da konnte man sich tätowieren lassen für eine Packung Zigaretten, da wurden einem die Haare geschnitten für fünf Zigaretten und vieles mehr. Da ich noch immer mit meinen Gedanken bei meiner Renate war und noch eine Packung Zigaretten übrig hatte, ließ ich mir den Namen Renate auf den rechten Unterarm tätowieren, als Zugabe gab es auf dem linken Unterarm noch das Symbol für Liebe, Glaube, Hoffnung (Herz, Kreuz, Anker) dazu und auf den Oberarmen kam dann noch eine Windrose und Amors Pfeil durchs Herz. Jetzt hatte ich meine Geliebte immer bei mir und fühlte mich viel besser.

Ab der dritten Woche wurden wir in die Nähstube, Nähsaal versetzt und mussten unsere Nähkünste beweisen. Wir mussten Overalls für die schwedische Armee nähen, von morgens um 8:00 Uhr bis nachmittags um 17:00 Uhr mit zwei Essenspausen.

Jetzt verging jedenfalls die Zeit etwas besser und man hatte nicht mehr so viel Langeweile. Am ersten Juli 1961 wurden wir auf unsere Entlassung vorbereitet. Das bedeutete, wir bekamen Verhaltensmaßregeln mit auf den Weg. Am fünften Juli ging's dann los. Unsere Sachen wurden in ein privates Polizeifahrzeug eingeladen. Wir stiegen zu den beiden Beamten in Zivil ins Auto, dann rauschten wir ab Richtung Fähre nach Deutschland.

Die beiden Beamten hatten dafür zu sorgen, dass wir sicher auf dieser Fähre ankamen und dass wir nicht die Fähre auf der Fahrt verlassen. Deshalb standen sie mit einem Fernglas am Ufer und beobachteten die Fähre bis sie außer Sichtweite war.

Nach zwei Tagen auf dem Dampfer kamen wir in Travemünde an und hatten keine Ahnung, wie es weiter gehen sollte. Wie kamen wir denn jetzt nach Bremen. Dann hatten wir eine glorreiche Idee. Wir marschierten geradewegs zur Bahnhofsmission und haben den Leuten unser Leid in blumigen Worten erklärt.

Wahrscheinlich waren sie so beeindruckt, einige Formulare ausfüllten, worauf wir zwar kein Bargeld bekamen, aber wir erhielten jeder eine Fahrkarte II. Klasse nach Bremen Hauptbahnhof. Wir waren froh. Wir kamen wohlbehalten in Bremen an. Werner verabschiedete sich tränenreich von mir. Er hatte ja eine Karte bis Hannover erhalten

Nach diesen ganzen bösen und miesen Erlebnissen, nach diesen Quälereien und Schikanen bei dem großen deutschen Zirkus, musste ich mich zu Hause erstmal wieder erholen. Ich war doch psychisch instabil geworden. Ich rauchte wie ein Kettenraucher und trank auch immer öfter Alkohol und das manchmal auch in größeren Mengen. Einige Male endete es sogar in einem Saufgelage. Alles ein Krampf, ich war niedergeschlagen und deprimiert. So konnte es einfach nicht weitergehen. Dieses Jahr ging also mit heulen und zähneklappern zu Ende. In diesem Jahr musste unbedingt alles besser werden, sonst sehe ich schwarz für die Zukunft.

Ich werde Unternehmer

In dieser schlimmen Zeit hatte meine Mutter eine glorreiche Idee. Hinter allem und lassen steckte nur meine Mutter. Sie war die treibende Kraft. Die Geschichte ist schnell erzählt. Mein Vater war ja immer noch als Küster tätig und meine Mutter wurde auch zunehmend mit eingespannt. Da ja alle Welt wusste, dass die Eltern bei der Kirche tätig waren, ergab es sich eines Tages, dass sie zum verstorbenen Nachbarn gerufen wurden, um den Leichnam zu waschen, einzukleiden und in den Sarg zu betten. Dieses einemal hatte ungeahnte Folgen. In Windeseile hatte es sich herumgesprochen und so nahm es in kürzester Zeit ungeahnte Ausmaße an. Innerhalb des ersten Jahres wurden sie zu 100 Todesfällen gerufen. Die Vielzahl der Fälle ergab sich einfach daraus, dass die Kirchengemeinde unseres Dorfes achtzehn Dörfer umfasste, die in etwa 15 km um unsere Kirche herum lagen. Bei den Beerdigungen der Verstorbenen wurden diese mit einem hölzernen Leichenwagen, von zwei Pferden gezogen, zum Friedhof gefahren.

Bestattungsunternehmen

Hier setzte die Idee meiner Mutter an. Wie wäre es, wenn wir ein Auto kaufen würden. Die Umbauten könnten wir selber machen und wir würden den Leichentransport selber übernehmen. Meine Mutter konnte ihren Mann von dieser Idee aber nicht überzeugen. Er sträubte sich mit Händen und Füßen dagegen. Wir gehen mit

Schimpf und Schande aus unserem Dorf, war immer seine Redensart.

Meine Mutter war schon immer hartnäckig, wenn es galt, ihre Ideen durchzusetzen. Weil sie in diesem Fall aber eine Unterschrift ihres Ehegatten brauchte, musste ich als Ersatz herhalten. Nach der Eintragung beim Gewerbeamt war also die Firma "Bestattungen Catharine H. und Hans H." gegründet. Wir fuhren zu einem großen Autohaus in der Stadt und kauften unseren ersten Leichenwagen, einen gebrauchten Goliath-Express-Transporter, den wir in innerhalb einer Woche umbauten und mit Wandverkleidungen ausstatteten. Nach einem rasanten ersten Geschäftsjahr erweiterten wir die Firma um ein Sarglager mit verschiedenen Sargmodellen und Zubehör. Es wurde dann auch noch ein nagelneuer Leichenwagen gekauft. Ich konnte aber nicht ewig in der Firma bleiben, so ganz ohne festes Einkommen. Eine gute Bekannte aus der weiteren Nachbarschaft, die ich für den Fahrerjob gewinnen konnte, fuhr dann später den Leichenwagen. Ich fuhr dann nur noch nachts oder bei Bedarf. Ich hatte diese ganze Firmengründung ja auch deshalb mitgemacht, weil ich annahm, dass ich als Erstgeborener einmal alles erben würde. Nur da hatte ich die Rechnung ohne den Wirt gemacht. Mein Bruder W. hatte eines Tages eine weibliche Bekanntschaft gemacht, die gleich bei Nacht und Nebel bei uns einzog und innerhalb von ein paar Tagen das Kommando führte. Um ihre Pläne durchzusetzen, schob sie meinen Bruder vor, der dafür sorgen musste, dass alles in ihrem Sinne ablief. Sie sorgte auch dafür, dass mein Bruder die Eltern unter Druck setzte. Entweder ich übernehme das Geschäft und erbe hier alles, oder ich ziehe aus und gehe weg. Aus ihrem Zugzwang heraus, überschrieben sie alles meinem Bruder, das Geschäft, Haus und Hof mit allem was dazu gehört.

Ich wurde später für meine Anteile am Geschäft und am Erbe mit einem Trinkgeld abgefunden und ging sauer und gefrustet meiner Wege.

In den späteren Jahren sollte sich zeigen, was mein Bruder sich für ein Luder ins gemachte Nest geholt hatte. Sie spielte immer mehr die Chefin, die Königin, die meine Mutter schikanierte, wo sie nur konnte. Es war ihr unter Strafe untersagt, einen Furz zu lassen. Sie durfte ihren geliebten Blumengarten nicht mehr betreten, keinen Apfel vom Baum nehmen. Von ihrem vertraglich zugesichertem Altenteil sah sie nie etwas. Meine Mutter tat mir leid, aber ich konnte nichts mehr ändern, obwohl ich es mit anwaltlicher Unterstützung versuchte. So lebte, oder sollte ich sagen, vegetierte meine Mutter noch bis 1996 dahin und schlief dann mit 96 Jahren ruhig ein. Die böse Schwiegertochter regierte als Hausherrin und Chefin vom ganzen noch einige Jahre und landete, als mein Bruder nach dem dritten Herzinfarkt verstorben war, mit Demenz in einem Pflegeheim. Ich fand es als Gottes Strafe dafür, dass sie meiner Mutter die Hölle auf Erden bereitet hatte. Dieses asoziale Monster mit dem falschen, freundlichen Lächeln. Jetzt musste ich mich aber intensiv um neue Arbeit bemühen, so konnte es nicht weitergehen. Nach einigen vergeblichen Versuchen auf neuen Arbeitsstellen als Fahrer, die alle an meiner

Alkoholsucht scheiterten, war ein ganzes Jahr vergangen und alle Chancen waren vertan. Anfang des Jahres 1963 fing ich bei einem Kohlen- und Gemüsehändler als Fahrer an zu arbeiten. Es war eine Knochenarbeit. Die Schlepperei mit den Kohlen ging an die Substanz und ich war immer ganz groggy

Die Frau in meinem Leben

Am ersten Februar wollte ich meinen Geburtstag allein und ohne großen Aufstand in einer nahegelegenen Kneipe feiern. Ich wollte meine Depression ersäufen. In dieser Kneipe nahm eine dunkelhaarige Frau mittleren Alters auf den Barhocker neben mir Platz. Es entwickelte sich ein Gespräch über Gott und die Welt und auch über private Dinge. So erfuhr ich, dass sie geschieden war und alleine mit ihren beiden Kindern lebte, ein Mädchen von 16 Jahren und einen Jungen der 18 Jahre alt war. Während unserer Unterhaltung tranken wir mehrere Biere und Schnäpse und kamen allmählich in ein Stadium, indem wir etwas freier und kesser wurden. Es gab im Verlaufe einige kurze, gefühlvolle Berührungen, dann einige leichte Küsse und Liebkosungen. Mittlerweile war es so spät geworden, dass der Wirt schließen wollte. Wohin mit dem angebrochenen Abend. Lass uns nach Hoppe fahren, die haben noch geöffnet. Nach diversen Getränken waren wir mit Liebkosungen und Küssen soweit fortgeschritten, dass wir mit unserem volltrunkenen Hirn meinten, wir sollten heiraten. Hier und jetzt, was für eine geisteskranke Idee. Aber die übrig gebliebenen Schnapsleichen waren sofort Feuer und Flamme. So wurden zwei Stühle hingestellt und das volltrunkene Brautpaar drauf gesetzt und dann ging die Zeremonie los. Margret, so hieß sie, küsste und beleckte mich wie wahnsinnig. Einer der anderen Gäste steckte uns zwei Blechringe an den Finger und forderte uns auf, in ein Nebenzimmer zu verschwinden und die Hochzeit zu vollziehen. Dazu waren wir aber nicht mehr in der Lage. Wir waren sozusagen von Verstand und konnten kaum noch stehen. Der Wirt hatte jetzt auch ein Einsehen und schmiss uns alle raus. Es wurde nur noch randaliert und nichts mehr verzehrt. Ein undankbares Geschäft für einen Wirt. Ich versuchte Margret nach Hause zu bringen, was mir sichtlich schwer fiel. Erstens war ich selber voll wie tausend Mann und Margret ging es nicht besser. Ich musste sie halb huckepack nehmen, um sie nach Hause zu schaffen. Mit ihren dubiosen Ansagen, hier ist mein zuhaus. Hier muss es sein. Nee doch nicht, aber hier, hier ist es. Nach einiger Zeit des Suchens hatten wir es gefunden. Ich traute meinen Augen kaum und hab es in meinem Suff wohl nicht richtig wahrgenommen. Es war eine Holzbaracke die ich im Dunkeln sah. Margret blieb an einem Baum stehen, umklammerte und küsste mich wie wild, flüsterte mir Sachen ins Ohr, die mir die Schamröte ins Gesicht trieb. Wenn man es hätte sehen können, sie war total erregt. Sie fummelte an ihrer Kleidung herum. Ich konnte an ihrem weißen Slip erkennen, dass sie ihn herunter gelassen hatte bis zu den Knien. Ihre Hände waren an meinem Hosenschlitz und versuchten ihn zu öffnen. Es klappte einfach nicht.

Das erste Mal

Sie flüsterte immer heftiger in mein Ohr, mach doch, komm nimm mich, ich brauche es. Ich wusste gar nicht wie mir geschah, aber ich konnte es einfach nicht. So auf Kommando und hier so im stehen, nein das ging nicht. Ich spürte keine Regung. Ich versuchte sie mit viel Geduld und Gefühl zu beruhigen und versprach ihr, wenn ich versprochen. Ob sie es noch richtig wahrgenommen hat, bezweifle ich. Am nächsten Abend sind wir also rein in die Behausung. In einem kleinen Raum stand ein Bett, wo ich sie dann ablud. Mit dem Versprechen, sie am nächsten Tag zu besuchen verließ ich den ungastlichen Ort und torkelte nach Hause. Am nächsten Tag so gegen 17:00 Uhr, als ich Feierabend hatte, setzte ich mich aufs Fahrrad und bin zu Margret gefahren.

Jetzt am hellen Tag konnte ich erstmal erkennen in was für einer Baracke sie wohnte, mit einem Plumpsklo im Garten

Außer Margret wohnten noch drei Familien in der Holzbude.

Alle Alkoholiker, alle asozial. Mein Gott, wie ist sie da nur hineingeraten. Vom Eingang hörte ich schon das Geplapper und Gegröle, dass hörte sich nach Saufgelage an. Ich hatte die Behausung noch nicht betreten, da ging die Begrüßungszeremonie von Margret schon los. Hallo Hans, komm lass dich küssen und schon hing sie mir am Hals. Ich merkte natürlich, dass sie schon wieder ziemlich angeheitert war, aber sie konnte noch einigermaßen geradeaus gehen. Sie schleifte mich dann gleich in ihre Zimmer auf die Couch, knuddelte und küsste mich und hatte wahrscheinlich doch noch Erinnerungen an den gestrigen Abend. Sie fing gleich an, meinen kleinen Mann zärtlich zu massieren.

Jetzt zählte die Erfahrung einer reifen Frau von 42 Jahren, Ergebnisse zu erzielen. So dauerte es nicht lange und ich war total erregt. Der Spargel wuchs zu voller Größe und dann gab es kein halten mehr. Sie entledigte sich der Kleidung, erregt und nackt lag sie vor mir. Ich bin noch nie so schnell aus meinen Klamotten gekommen, wie in diesem Moment. Sie drehte sich geschickt auf die Seite. Ich lag hinter ihr in der sogenannten Löffelchenstellung und mühte mich ab, die Grotte zu finden. Für mich als Jungfrau/Mann war dies gar nicht so einfach. Aber dank ihrer Unterstützung klappte es hervorragend. Es war mein erstes Mal und es war ein herrliches Gefühl. Nach langer Zeit, sie hatte es geschickt immer wieder hinausgezögert, schoss es wie ein Blitz durch meinen Körper. In dem Moment waren wir ein Herz und eine Seele, wie man so schön sagt, ich war aufgewühlt von unserem tollen Liebesspiel. Aber auch sie war total hin und weg, denn sie hatte angeblich seit sieben Jahren keinen Mann gehabt, wie sie mir erzählte. Ich war jetzt immer öfter bei ihr und es kam jetzt auch öfter zum Sex. Nur ich traf sie auch öfter bei Saufgelagen mit ihren asozialen Mitbewohnern, manchmal geriet ich auch mit in diese Orgien. Dieser Zustand ging mir irgendwie gewaltig gegen den Strich. Ich hatte mich vorher schon bemüht die Trinkerei einzuschränken und jetzt geriet ich wieder in diese Abhängigkeit.

Ich wollte und musste versuchen, Margret von dieser Sucht abzubringen oder wenigstens dafür sorgen, dass sie weniger trank. Aber man konnte einen Trinker nicht so einfach das Trinken abgewöhnen. Dazu war eigentlich, trotzdem wo es ging, das Trinken zu vermeiden oder abzuwenden. Ab und zu gelang es mir auch.

Unsere Liebe dauerte jetzt schon vier Monate. Bis auf einige Eskapaden und Ausfälle klappte unser Liebesleben ausgezeichnet. Wir hatten mehrere Male tollen Sex in der Woche. Manchmal unterhielten wir uns auch über die Zukunft, wie es mit uns weiter gehen sollte, ob wir zusammen bleiben wollten und sollten.

Dann eines Tages beim Sex sagte sie plötzlich zu mir, ich glaube ich bin schwanger. Meine Regel ist schon eine Woche überfällig. Wie bitte. Ich war hin- und hergerissen. Ich konnte es nicht glauben. Ich war froh, ich war glücklich, ein Kind von meiner geliebten Margret, das war das Höchste aller Gefühle.

Als ich meine Gedanken einigermaßen geordnet hatte, kamen aber auch leichte Zweifel auf. Wollte sie mich nur binden mit einem Kind? War es wirklich möglich, dass sie mit dreiundvierzig Jahren noch schwanger wurde? In der damaligen Zeit war es noch nicht so weit verbreitet, dass Frauen mit vierzig oder über vierzig noch schwanger wurden. Ich war ja in dieser Beziehung total unerfahren. Aber vielleicht hatte es etwas mit ihrem Alter zu tun, dass sie keine Kinder mehr bekommen konnte. Jedenfalls war ich völlig durcheinander. Ich war froh und glücklich, aber auch unwissend und unsicher. Wir meinten beide, wir sollten erstmal abwarten.

Inzwischen hatte ich auch meine Eltern von Margret berichtet und herbe Kritik, vor allem von meinem Vater, geerntet: "Stell dir doch mal den Altersunterschied vor. Du bist sechsundzwanzig und sie ist zweiundvierzig. Wie soll das denn gehen? In zehn Jahren ist sie alt und du bist im besten Mannesalter." Er war total dagegen. Im Grunde war es mir egal. Ich liebte Margret mit allen Fasern meines Herzens. Ich würde sie nie verlassen, dass wusste ich. Auch wenn sie manchmal einen über den Durst trank. Ich würde ihr das mit der Zeit schon abgewöhnen. Inzwischen hatte ich auch ihre Kinder kennengelernt. Eine hübsche Tochter, die sehr von mir eingenommen war und mir sozusagen mit offenen Armen entgegenkam. Der Sohn hatte gleich eine starke Antipathie gegen mich und überhäufte mich mit Hohn und Spott. So nach dem Motto, was bildest du dir eigentlich ein. Denkst du vielleicht, meine Mutter fängt mit dir jungen Schnösel etwas an. Er konnte ja nicht wissen, wie weit unsere Liebe schon fortgeschritten war. Wir waren schon mehrere Monate zusammen, als sie mir vorschlug, doch zu ihr zu ziehen. Nichts lieber als das. Aber ich machte mir auch Gedanken, wie das gehen sollte in einem Wohnraum mit Küche und einem Schlafraum und das mit vier Personen. Wie sollte das gehen. Trotz Zweifel zog ich zu Hause aus und hin zu meiner Margret, die mich mit offenen Armen empfing. Natürlich wurde das gebührend gefeiert mit einem wüsten Saufgelage mit den alkoholkranken Mitbewohnern, in das ich dann natürlich mit einbezogen wurde. So fielen wir nackt und ziemlich angetrunken auf die Couch im Wohnraum. Ihre Kinder waren noch nicht zu Hause. Es folgte eine wilde Sexorgie mit allem was

125

dazu gehört. Aber es ging hier nur um Sex. Es fehlten die echten Gefühle dabei. Es ging in dem Bestreben von Anfang an, Margret aus diesem Milieu herauszuholen. Der Gedanke ließ mich nicht los. Sie musste von den alkoholkranken Leuten weg, sonst würde sie untergehen. Nach einigen Wochen überlegte ich, ein Auto anzuschaffen. Wir hatten wenig Gelegenheit hier einmal rauszukommen, einmal auszubrechen und in die Stadt zu fahren zu einem Schaufensterbummel, einem Kinobesuch oder einem schönen Abendessen.

Ich kaufte dann einen schönen, gebrauchten Diplomatenwagen in schwarz mit roten Polstern aus dem Baujahr 1958, aber topp im Aussehen und Technik. Als ich damit bei Margret vorfuhr, sprang sie mir um den Hals vor Freude und Glück. Sogleich wurde eine Spritztour gemacht nach dem Künstlerdorf Worpswede, das lag quasi vor unserer Haustür. Wir tranken noch einen Kaffee in einem Lokal und machten uns wieder auf den Heimweg.

Fürs kommende Wochenende planten wir eine Tour in die Lüneburger Heide. Ich wollte Margret jetzt auch gleichzeitig etwas bieten und sie ein bisschen von ihrer Sucht ablenken

Obwohl, sie hatte sich in letzter Zeit ganz gut im Griff. Wir machten gute Fortschritte und unsere Liebe war besser, will sagen ausgeglichener, glücklicher geworden. Am Sonntag saßen wir beim Mittagessen bei offenen Fenstern und Türen, es war ein herrlicher Sommertag. Plötzlich kommt Margrets Sohn mit einem schweren BMW-Motorrad um die Ecke gefahren Er diente bei der Bundeswehr in Lüneburg und wollte seine Mutter besuchen. Nach dem Essen sagte er - willst du mal fahren? Er wusste, dass ich ein Motorradfan war und dass ich auch schon selber einige Maschinen hatte. Aber ja, gerne wollte ich und schwang mich gleich auf den Ofen. Ab ging es im rasenden Tempo die gepflasterte Dorfstraße entlang bis zur nächsten Kreuzung, gewendet und noch mal richtig Vollgas gegeben. Da hab ich es wohl etwas übertrieben in meinem Geschwindigkeitsrausch, ich merkte nur noch, dass bei dem hohen Tempo die Maschine in leichte Schwingungen geriet. In Sekundenbruchteilen schaukelte sich die Maschine auf und ich machte den Abflug. Mit dem Gesicht rasselte ich in einen Steinhaufen, der von der Pflasterung der Straße am Rand lag. Mit dem Knie muss ich wohl auf die Scheinwerferfassung geknallt sein und den Lenker hatte ich in den Unterbauch bekommen. Nach einigen Minuten kam ich wieder zu mir und sah die ganze Bescherung. Sah wie das Blut floss und versuchte mich aufzurappeln. Es standen mittlerweile etliche Zuschauer herum, die mich anglotzten wie ein Zirkuspferd als ich versuchte, wieder auf die Beine zu kommen und die Maschine aufstellen wollte. Es passierte nichts und so machte ich mich auf einem Bein auf den Weg nach Hause, wo Margret aus allen Wolken fiel. Ich landete für acht Wochen in der Klinik und wurde von einem ehemaligen Stabsarzt der Wehrmacht wieder zusammengeflickt. Nach mehreren Operationen war ich bis auf das vermaledeite Knie wieder hergestellt. Das Knie musste immer wieder punktiert werden, weil sich immer wieder Flüssigkeit bildete. Nach einer Phase der Ergo-

und Physiotherapie war ich wieder vollkommen fit und arbeitsfähig.

Aber irgendwie lief es auf meiner Arbeitsstelle nicht zur Zufriedenheit. Ich hatte immer öfter Ärger mit meinem Chef, diesen alten Kameltreiber, der mich schikanierte, wo er nur konnte. Klar, es kam wie es kommen musste, eines Tages packte mich die Wut und ich schmiss alles hin. Verhältnismäßig schnell fand ich eine neue Arbeitsstelle im Straßenbau. Ich bekam diese Stelle nur auf Grund meiner Ausbildung als Maschinist in einer andern Straßenbaufirma.

Ich hatte aber noch ganz andere hochtrabende Pläne im Kopf. Von einem Bekannten wusste ich, dass auf der Insel Föhr dringend Reetdachdecker gesucht wurden, die Firsthauben auf den Reetdächern herstellen konnten. Mit meinem Cousin Manfred bildete ich ein sogenanntes Dachdeckerteam und wir machten uns am Wochenende mit unseren Frauen auf zur Insel Föhr, um Aufträge an Land zu ziehen, was sich ziemlich schwierig gestaltete. Erstens hatten die Bauern ihren eigenen Kopf, zweitens waren die Transportkosten zur Insel immens teuer und drittens hatte unser Dachdeckerteam auch seinen Preis. Der allein mit 25,00 DM Stundenlohn pro Kopf zu Buche schlug

Und tatsächlich hatten wir bei unserem ersten Besuch auf der Insel einen Auftrag an Land gezogen und fuhren mit dem Versprechen nach Hause,, dass wir nächstes Wochenende wieder hier sind. Wer dann noch will, kann mit uns Kontakt aufnehmen. Jetzt musste als erstes ein schnelles Auto angeschafft werden, um schnell hin- und zurückzukommen. Mein Olympia hat die

Fahrt nach Nordfriesland nämlich nicht überstanden. Ich kaufte einen gebrauchten VW 1500 S. Es war eine hochtourige und schnelle Limousine. Jetzt hieß es, das Material, das wir ab Werk gekauft hatten zu verpacken und auf die Insel zu transportieren. Mit dem LKW bis Dagebüll und dann mit dem Schiff auf die Insel. Es klappte alles hervorragend. Das Material kam pünktlich auf der Insel an und der Auftraggeber holte es mit seinem Traktor vom Hafen ab. Das nächste Wochenende war es dann soweit. Am Freitag wurde das Auto mit Werkzeug und Zubehör beladen, damit wir um 4:00 Uhr in der Frühe starten konnten, denn um 7:30 Uhr wollten wir an der Fähre sein. Wir waren pünktlich zur Stelle und setzten mit der ersten Fähre über zur Insel. Der Arbeitstag begann und wir hofften, wir würden nach fünf Tagen fertig sein. Die Frist konnten wir leider nicht ganz einhalten. So hatten wir noch eine kleine Einbuße hinzunehmen, weil wir einen Festpreis vereinbart hatten. Die Arbeiten wurden korrekt abgeschlossen. Alle Beteiligten waren zufrieden. Nur ein weiterer Auftrag ergab sich leider nicht. So stellte unser Dachdeckerteam seine Nebenarbeit wieder ein und konzentrierte sich wieder auf die offizielle Beschäftigung bei den jeweiligen Arbeitgebern.

Wieder zu Hause

Bei einer Zusammenkunft im Hause meiner Eltern mit Kaffee und Kuchen. Alle Geschwister waren gekommen. Da erzählte meine Halbschwester, die in Bremen wohnte, von einem alten Bauernhaus in ihrer Nachbarschaft, dass einen vollkommen neuen Anbau besaß und leer stand. Es sollte, obwohl der Abriss in zwei oder drei Jahren schon feststand, für 20,00 DM im Monat vermietet werden. Das war meine Chance, meine Margret aus ihrem kaputten Milieu herauszuholen. Wir fuhren gleich in den nächsten Tagen zu meiner Schwester und vereinbarten von dortaus einen sofortigen Termin mit dem Eigentümer zur Besichtigung

Lange Rede kurzer Sinn, nach eingehender Diskussion und etwas längerer Bedenkzeit war auch Margret mit einem Umzug einverstanden. So zogen wir in unser Bauernhaus mit modernem Anbau, dem Wohnteil. Für 20,00 DM konnten wir uns auf dem großen Grundstück frei bewegen und konnten es auch nutzen.

Im hinteren Grundstücksteil war noch ein riesiges Erdbeerfeld, dass wir im Sommer noch abernteten und so noch 2 000,00 DM verdienten. Wir konnten hier wirklich gut leben. Auch Margret blühte hier, nach anfänglichen Schwierigkeiten, auf.

Zu meiner offiziellen Arbeitsstelle kaufte ich eines Tages ein ganzes Feld mit Pflanztannen von einem Bekannten, um sie im Herbst als Pflanztannen und den Rest als Weihnachtsbäume zu verkaufen. Die Idee hatte ich meinem Vater abgeguckt, der hatte ein ganzes Feld mit Tannen bepflanzt. Allerdings kleine Bäumchen von 15-20 cm Größe. Die mussten erst mal 5 Jahre wachsen, bis er sie verkaufen konnte. So lange wollte ich nicht warten. Anfang September ging es los. Ich inserierte in der örtlichen Tageszeitung und kaufte einen gebrauchten VW-Transporter und wartete auf die ersten Aufträge. Es musste sich wohl rasend schnell durch Mundpropaganda verbreitet haben. Das Telefon stand nicht mehr still. Margret konnte nicht so schnell die Aufträge entgegen nehmen.

Da ich teilweise auch das Einpflanzen der Tannen übernommen hatte, kam ich gar nicht mit den Lieferungen hinterher.

Bis Ende November hatte ich das ganze Feld, bis auf einige Tannen, die schon zu groß gewachsen waren und sich nicht als Pflanztannen eigneten, verkauft. Mit dem Rest eröffnete ich, nach der Gewerbeanmeldung, einen Weihnachtsbaumstand bei meinem Bekannten auf dessen Tankstelle. Der Rest der Tannen war schnell verhökert und so hatte ich mal eben 5 000,00 DM mit Pflanztannen und nochmal 1 500,00 DM mit Weihnachts-bäumen verdient. Bei einem gesamten Ein-kaufspreis von 500,00 DM ein gutes Geschäft, würde ich mal sagen.

Aber unsere schöne Zeit auf dem Bauernhof neigte sich dem Ende zu. Wir bekamen einen Brief des Hauseigentümers, indem er uns mitteilte, dass die Stadt jetzt vorhatte, den Wendeplatz für die Straßenbahn zu bauen und deswegen, wie seit längerem geplant, das Haus abreißen wollte.

Da uns eine Frist von drei Monaten eingeräumt wurde, wollten wir uns bemühen eine Wohnung in einem Stadtteil zu finden, die nicht so weit entfernt war von meiner neuen Arbeitsstelle.

Neue Wohnung

Nach sechs Wochen hatten wir Erfolg und

fanden ein Objekt. Ein Dreifamilienhaus in einer ruhigen Seitenstraße, zwei Zimmer, Küche, Bad mit ca.65 qm und 400,00 DM warm.

Bei den Verhandlungen trat dann folgendes Problem auf, einen Hund, den wir uns vor längerer Zeit angeschafft hatten, durften wir nicht mitbringen. Das Eigentümerehepaar wollte absolut keinen Hund im Haus haben.

So mussten wir gezwungener Maßen unsere liebe "Asta-Schuh", eine schwarze Schäferhündin, an einen Bekannten abgeben. Asta-Schuh deshalb, weil sie immer, wenn ich von der Arbeit kam, meine Hausschuhe holte.

Es tat uns in der Seele weh, aber wir fanden keine entsprechende Wohnung, wo wir den Hund hätten mitnehmen können.

So zogen wir am ersten Januar 1969 in die neue Wohnung, in der wir 15 Jahre wohnten und in der einmal James Last und seine Brüder groß geworden waren. Ich begann den Dienst in der neuen Firma, einen Landmaschinengroßhandel und Werksvertretung. Der Firma „Krone-Landmaschinen in Spelle.

Mit noch einem Kollegen mussten wir Land-maschinen und Ersatzteile durch ganz Deutschland kutschieren.

Es war aber auch das Jahr, indem ein schweres Unglück geschah.

Ich war gerade mal 11 Monate in der Firma, da erhielt ich auf meiner Tour den dringenden Anruf meines Chefs - fahren sie sofort zu ihren Eltern, das Haus brennt, wie bitte - ihr Elternhaus brennt. Als ich zu meinen Eltern fahren wollte, war der Weg zu ihrem Haus 1 m hoch eingeschneit. Es musste erst ein Allradfahrzeug kommen und mir

einen Weg bahnen. Dann sah ich die Bescherung.
Bis auf die Grundmauern war alles runter-
gebrannt.Ein Teil des Inventars lag draußen im
Schnee. Alles hing voller Eiszapfen vom
Löschwasser.
Meine Eltern standen dabei mit Tränen in den
Augen und sahen ihr Lebenswerk vernichtet.
Jahrelang hatten sie daran gebaut, viel Geld und
Schweiß reingesteckt und als es endlich fertig war,
ist alles innerhalb von Minuten vernichtet, obwohl
zwei betrunkene Reporter der Bild-Zeitung
versuchten, meinen Eltern irgendwelche
Kommentare zu entlocken. Sie waren dazu gar
nicht in der Lage und wollten es auch nicht.
Am nächsten Tag stand in er Zeitung, dass Herr
August H. das Haus an dieser Stelle nicht wieder
aufbaut. Er will sich in der Dorfmitte ein
Grundstück kaufen und neu anfangen.
Das war natürlich alles erstunken und erlogen.
Wir luden also das restliche Inventar auf meinen
LKW und fuhren zu der Notunterkunft, die der
Bürgermeister meinen Eltern zugewiesen hatte.
Es war spät geworden. Ich musste den LKW
abliefern und meinem Chef Bericht erstatten über
die Ereignisse. Dann konnte ich endlich nach
Hause fahren und Margret erzählen, was passiert
war.
Die Ermittlungen der Polizei und der Gutachter
über die Brandursache zogen sich noch sehr lange
hin. Im Endeffekt hieß es, der Brand sei durch
einen Kurzschluss im oberen Stockwerk
entstanden. Meine Eltern waren unterversichert
und bekamen deshalb nur 52 000,00 DM von der
Versicherung ausbezahlt. Mit diesem Geld und
einem Kredit über 100 000,00 DM begannen sie

sofort mit dem Wiederaufbau. Ich half in meiner Freizeit fleißig mit, wie auch meine Brüder, meine Schwager und andere Verwandte.

Nach acht Monaten war das Werk vollbracht und das Haus war größer und schöner geworden als vorher.

Nun benötigten alle eine Erholung von den Strapazen. Mein Chef gab mir, 18 Tage Urlaub, die wir führ eine Fahrt nach Berchtesgaden nutzten.

Berchtesgadener Land

Mit unserem neuen, gebrauchten Daimler-Benz 230 sechs Zylinder, rauschten wir mit 200 Sachen ins Berchtesgadener Land. Mit diesem bequemen Auto waren wir nicht einmal abgespannt oder kaputt.

Wir fanden auch gleich unsere private Unterkunft bei einer älteren Dame und bekamen ein schönes Zimmer. Leider unter dem Dach, juchhe.

Wir hatten den Urlaub aber ohne den Wettergott geplant. Wir glaubten es ja nicht, in den 14 Tagen hatten wir drei Sonnentage gehabt. Ansonsten nur Regen, Regen, Regen.

Es trommelte auf den hier üblichen Blechdächer zum Verrücktwerden. Des Nachts sassen wir im Bett, weil bei dem Geprassel auf dem Dach niemand schlafen konnte. Tagsüber saßen wir unten am Königssee im Lokal. Überall sahen wir Leute in Südwester, Regenkleidung und Gummistiefel vorbeirennen. Wir wurden schon langsam depressiv bei diesem Anblick. Jeder von uns spielte immer wieder mit dem Gedanken nach Hause zu fahren. Aber dann hätten wir das Geld zum Fenster rausgeworfen und so blieben wir.

An einem der Sonnentagen fuhren wir mit dem Riesenlift auf den Salzberg und besichtigten das Teehaus von Adolf Hitler. Am zweiten Sonnentag fuhren wir noch einmal über den Königssee. Dort erlebten wir das Königsseeecho an der Watzmann Ostwand. Am dritten schönen Tag besichtigten wir noch die Ambachklamm. Das war's dann. Also ab nach Hause und alles, bis auf ein paar schöne Eindrücke vergessen

Wir waren gut wieder zu Hause angekommen.
Dder alte Trott ging wieder los.
Im Jahr 1980 wurde ich noch mal gefordert.
Wir Angestellte waren mit unserem Chef und seiner Firma, die sich auch weiterentwickelt hatte und größer geworden war, in ein Gewerbegebiet vor den Toren der Stadt umgesiedelt. Innerhalb einer Woche mussten alle Maschinen, das

Ersatzteillager und das ganze Büro zu dem neuen
Standort transportiert und wieder eingerichtet
werden.

Ich wurde insofern noch mal besonders gefordert,
da der Chef verlangte, einen Staplerschein und
anschließend den Führerschein der Klasse II für
schwere LKW zu machen.

So, das hatte gesessen. Bei dem Gedanken hatte
ich schon Schweiß auf der Stirn. Weil die Land-
und Erntemaschinen immer größer geworden
waren, musste die Firma einen schweren LKW mit
einem Anhänger anschaffen und ich sollte das
Gespann dann fahren.

Der Staplerschein war dabei das kleinere Übel. Mit
dem Führerschein der Klasse II war das schon
bedeutend schwieriger. Die ganzen Maße und
Gewichte. Das Rangieren mit einem Anhängerzug
bekam ich nur sehr schwer in meinen Kopf.

Aber nach zwei Monaten hielt ich den neuen
Führerschein in Händen und fuhr sofort
mit meinem Chef zum Autohaus, um ein Auto
auszusuchen

Eine Woche später fuhr ich mit dem Lkw ins
Herstellerwerk unserer Landmaschinen. Dort
holte ich unseren Anhänger ab. Nun wurde es
richtig stressig. Ich fuhr die meiste Zeit zwischen

12 und 14 Stunden am Tag quer durch Deutschland und lieferte Landmaschinen und Ersatzteile aus. Die Posten gingen an Schmiedemeister, Landmaschinenhändler und Bauern. Ich hatte zwar inzwischen einen Superverdienst bei der Firma, der mit Zulagen um die 5 000,00 DM betrug. Aber mir war vollkommen klar, dass ich diese Schinderei keine zehn Jahre machen würde. Dann wäre meine Gesundheit ruiniert.

Auf einer meiner Touren, ich befand mich gerade auf der Autobahn Richtung Hessen, erhielt ich einen bösen Anruf meines Chefs, der mir mitteilte, dass mein Elternhaus brennt.

Wie bitte, schon wieder, das kann doch nicht sein. Nach meiner Rückkehr von der Tour sah ich dann das ganze Ausmaß der Katastrophe.

Das neue Wohnhaus war fast ganz vernichtet. Es war der ganze Dachstuhl abgebrannt und mit ihm auch das Inventar in der oberen Etage. Der Rest wurde vom Löschwasser vernichtet. Nur die Grundmauern standen noch. Es war ein immenser Schaden.

Meine Eltern hatten seit dem letzten Brand zwar eine höhere Versicherung abgeschlossen, aber es blieb ja noch der psychische Schaden, der nach zwei Bränden nicht zu verachten war.

Aber es sollte noch schlimmer kommen in diesem Jahr.

Nach dem Frühstück an einem Sonntagmorgen, spürte ich plötzlich ein leichtes Ziehen in der Leistengegend, bei dem ich noch dachte, vielleicht den Unterleib etwas verkühlt. Aber das Ziehen kam jetzt in Intervallen und wurde immer stärker und stärker. Bis zu einem gewissen Grad konnte ich es noch ertragen, dann fing ich an zu schreien. Die Schmerzen waren jetzt unerträglich. Ich bekam Schüttelfrost, der Schweiß brach mir aus. Es trat in der Folge ein Harn- und Stuhldrang auf. Ich schrie wie am Spieß, ich konnte es nicht mehr ertragen und meintem ich würde verrückt.

Mein Kumpel fuhr mich zu einem Arzt der Notdienst hatte. Nach einer Spritze meinte er, in zehn Minuten würde es besser werden. Es wurde nicht besser. Ich stand jetzt kurz vor einer Ohnmacht. Ich schrie raus hier, fahr mich zum Krankenhaus.

Dort angekommen, wollte man mich noch Röntgen. Ich brach aber vor dem Röntgengerät zusammen.

Ich wurde ohne Röntgen, aber mit einer Infusion auf die Station verlegt. Nach etwa einer Stunde ließen die Schmerzen nach und ich bekam noch eine Kiste Wasser ans Bett gestellt. Sie müssen viel trinken, mindestens 3 Liter. Abends um zehn Uhr rief der Pfleger plötzlich: "Du hast Schwein gehabt, der Stein ist rausgekommen, jetzt wird alles gut.".

Mir ging es wieder sehr gut und so sprach ich bei der Visite am nächsten Morgen den Professor an: „Herr Professor, ich möchte nach Hause, ich möchte entlassen werden." Das geht nicht, es können noch mehr Steine da sein. Wir müssen das noch ein oder zwei Tage beobachten.

Wenn überhaupt, dann müssen sie auf eigene Verantwortung gehen. Dann kommen sie nachher in mein Zimmer, sie müssen dann unterschreiben.

Ein Jahr später ging das ganze Theater von vorne los. Nur war es der Harnleiter auf der anderen Seite, der sich am Anfang durch leichtes Ziehen bemerkbar machte. Innerhalb kürzester Zeit wurden die Schmerzen unerträglich.

Mein Arbeitskollege brachte mich gleich in die Klinik und es folgte dieselbe Behandlung wie gehabt, Infusion, Wassertrinken und hoffen, dass der Stein allein abgeht. Zu meinem großen Glück funktionierte es wie beim ersten Mal. Beim morgendlichen Wasserlassen, Uringefäß und das Steinchen war da.

Wie beim letzten Mal ging ich auf eigene Verantwortung.

Monate später hatte ich noch einmal furchtbare Nierenkoliken. Wieder Klinik mit allem drum und dran. Nur diesmal ging kein Stein ab und es wurde bei den Untersuchungen auch kein Stein festgestellt und ich konnte nach zwei Tagen die Klinik offiziell verlassen.

Eigentlich lebten wir in unserer Mietwohnung ganz zufrieden, wenn nur die teure Miete nicht wäre. Im Jahr 1985 fiel mir eines Tages eine Beilage der Tageszeitung in die Hände, in der schöne und auch günstige Eigentumswohnungen angeboten wurden. Außerdem waren diese Wohnungen auch noch herrlich in einem grünen Stadtteil gelegen, der sich „Gartenstadt" nannte. Nach anfänglichen allgemeinen Unterhaltungen zwischen Margret und mir über das Für und Wider von Eigentumswohnungen nahm ich doch einmal Kontakt zu dieser größten Immobilienfirma in der Stadt auf und holte mir Informationen über Maße und Zustand der Wohnung. Eine kurze Besichtigung der Objekte von der Lage her, nahm ich kurz entschlossen sofort vor. In den nächsten Wochen und Monaten nahm ich direkt mit allen Ansprechpartnern Kontakt auf und verhandelte mit meinem Finanzberater, mit dem ich befreundet war, über Kredite für den Kauf der Immobilie.

Bei der Landesbank des kleinsten Bundeslandes bekam ich einen Kredit zu günstigen Konditionen und relativ niedrigen Belastungen, sodass wir den Kauf perfekt machten.

Bevor wir einziehen konnten, mussten wir noch einige Reparaturen und Modernisierungen vornehmen. Mit einem guten Bekannten wurden alle Decken abgehängt, alle Türen erneuert und die ganze Wohnung neu gestrichen. Das Bad ließen wir von einem Fachmann total erneuern. Dann endlich konnten wir in unser neues zu Hause einziehen.

Auf meinem LKW wurde das ganze Inventar einer Dreiraumwohnung verladen und mit einer einzigen Tour zur neuen Wohnung geschafft. Die Umzugsstrecke betrug nur zwei Kilometer.

An einem der nächsten Sonntage saßen wir morgens bei herrlichem Sonnenschein auf unserem eigenen Balkon beim Frühstück und waren froh, dass wir uns zum Kauf entschlossen hatten.

Mein Chef, von dem ich einen zinsfreien Kredit über 10 000,00 DM für die Anzahlung bei der Bank erhalten hatte, war der erste Besuch. Er wollte einfach mal wissen, wohin wir gezogen waren und was es für eine Wohnung war, die wir gekauft hatten.

Die nächste Hiobsbotschaft ließ aber nicht lange auf sich warten. Im fernen Emsland rief mich meine Halbschwester an und teilte mir mit, dass unser Vater gestorben war. Das war ein schlimmer

Schock. Ich hatte zwar Wochen vorher bemerkt, dass unser Vater ziemlich teilnahmslos im Wohnzimmer saß, wenn ich meine Eltern besuchte und dass er nicht verständlich sprechen konnte. Es war nur ein unverständliches Gemurmel. Kein Mensch konnte ahnen, dass es so schnell zu Ende gehen würde. In den letzten Tagen war er total verwirrt und flüchtete, als man ihn ins Krankenhaus nach Lüneburg in die Psychiatrie bringen wollte. In Lüneburg saß er drei Tage, ohne zu essen und zu trinken ganz still auf einem Stuhl und guckte aus dem Fenster und starb auf diesem Stuhl.

Wie man sagte, hätte er einen Tumor im Kopf gehabt der auf das Gehirn drückte.

Das mussten wir alle erst einmal verkraften. Dies war es für unsere Mutter am schwersten.

Sie stand jetzt alleine da, denn alle Kinder wohnten ja außerhalb und konnten sie nur sporadisch besuchen.

Im Jahr 1986 stand wieder mal eine Umstellung in der Firma an. Es wurden zwei neue Leute eingestellt und es wurde ein noch größerer LKW angeschafft mit noch einem längeren Anhänger für noch mehr Lasten und noch größeren Erntemaschinen.

Das bedeutete speziell für mich, noch längere Fahrzeiten und noch mehr Stress. In dieser wilden Zeit lebte ich hauptsächlich von 50-60 Zigaretten, 2 l Kaffee und in unregelmäßigen Abständen mal eine warme Mahlzeit, in einem Lokal oder an der Imbissbude. Das war's dann. Auf der anderen Seite brach ich jedes mal in Freudengeheul aus beim Blick auf mein Konto. Mit allen Zulagen hatte ich inzwischen ein Gehalt von ca. 5 000,00

DM, an Weihnachtsgeld wurden 2 500,00 DM gezahlt. Dann kam noch ein Urlaubsgeld von 1 500,00 DM und ein Freimarktsgeld von 1 500,00 DM. Somit kam ich auf ca. 65 000,00 DM Jahresgehalt.

In dieser Zeit schaffte ich das erste nagelneue Auto für 23 000,00 DM an.

An einem schönen Sommertag setzte ich mich mit meiner Margret in den Zug und wir fuhren ins Automobilwerk, um unser neues Auto abzuholen. Ich war ja richtig verliebt in den Schlitten, außen agavengrün, innen dattelbraune Lederbezüge, es war ein Gedicht.

Nach drei schönen Jahren ohne irgendwelche Mängel musste ich mir überlegen, wie es denn weitergeht. Um einen guten Wiederverkaufspreis zu erzielen, durfte ich es eigentlich nicht länger als drei Jahre fahren, dann brauchte ich nur ca. 3 000,00 DM drauflegen, um ein neues Auto zu bekommen.

Es vergingen einige Monate, in denen wir bei verschiedenen Händlern die Preise für unseren PKW ausloteten. Am Ende landeten wir bei einem Toyota-Händler und schauten uns einen 2 l Camry an. Verließen aber enttäuscht den Laden, 16 000,00 DM für unser schönes Auto war mir einfach zu wenig.

In unregelmäßigen Abständen schauten wir immer mal wieder bei dem Händler vorbei. Nach einigen Wochen hatten wir ihn bis auf 18 000,00 DM hochgekitzelt und schlugen zu.

Wir kauften das neue Auto für 20 000,00DM und gaben unser Auto für 18 000,00 DM in Zahlung. So hatten wir ganz gut abgeschnitten und hatten wieder ein neues und schnelles Auto, das spielend seine 200 Sachen lief

Um das neue Auto zu testen, fuhren wir am nächsten Wochenende nach Holland, genauer gesagt nach Apeldoorn. An der Grenze stellte sich dann heraus, dass Margret vergessen hatte ihren Ausweis zu verlängern. Jetzt standen wir mit langen Gesichtern an der Grenze und kamen nicht weiter. Es nützt kein heulen und zähneklappern, kehrt marsch und ab nach Hause. Nur Kaffee und Kuchen gönnten wir uns auf der Heimreise.

Es folgte das Katastrophenjahr 1995, da ging es Schlag auf Schlag.

Im Sommer des Jahres hatte ich beim Verladen von schweren Erntemaschinen im Werk einen schweren Arbeitsunfall. Ich wurde von der stürzenden Maschine von meinem Fahrzeug auf den Betonboden der Verladehalle geschleudert. Als ich wieder zu mir kam und die Augen öffnete, schwebte die Maschine über meinem Haupt wie ein Damoklesschwert und drohte herunterzustürzen, dann wäre ich drunter begraben worden. Glücklicherweise verhakte sich die Maschine an der Bordwand des Fahrzeugs und ich konnte mich zur Seite rollen.

Der Aufenthalt in der Klinik hielt sich zeitlich in Grenzen. Nach einer kurzen Untersuchung, waren sie bewusstlos und nach einer Röntgenaufnahme des Schädels konnte ich gehen.

Während ich krankheitsbedingt zu Hause war, machte ich meine Steuererklärungen für das vergangene Jahr und ging viel spazieren, um den Stress der letzten Monate abzubauen. Ich hatte sehr viel Stress abzubauen.

An einem Samstag wollte ich wieder einen kleinen Spaziergang machen. Dazu wollte ich meine leichte Sommerweste anziehen.

Es gelang mir aber nicht, ich fand den Ärmel nicht um reinzuschlüpfen. Nach einigen Versuchen wurde ich etwas ärgerlich und fuhr dann mit Gewalt in den Ärmel, zum Donnerwetter, was sollte das denn? Ich wollte die Tür öffnen und griff dauernd an dem Türgriff vorbei, ich dachte bist du jetzt bekloppt. Ich kam noch die Treppe aus der 1. Etage herunter und öffnete mit denselben Problemen die Haustür.

Als ich hinaustrat, war mir etwas seltsam im Kopf. Ich bekam beim hinausgehen einen Linksdrall. Das Gehirn sagte immer, nach rechts, nach rechts, aber ich schoss wie bekloppt nach links über unsere Wohnstraße, auf der Gegenseite in die Büsche, dann war's dunkel.

Dann merkte ich plötzlich Berührungen an meinem Körper. Ich schlug die Augen auf und sah meine Margret und eine Nachbarin die versuchten mich aufzurichten. Sie schafften es mit Mühe und führten mich zurück über die Straße.

Jemand hatte einen Stuhl besorgt auf den sie mich setzten. Ich konnte sehen, ich konnte hören. So hörte ich die Nachbarin, die Krankenschwester war, sagen: " Eindeutig Schlaganfall."

Sprechen konnte ich nicht. Die linke Körperseite war gelähmt, das Gesicht total schief, etwas dusselig im Kopf war mir auch. Nach kurzer Zeit traf der von den Nachbarn alarmierte Krankenwagen ein.

In der Notaufnahme legte man mich auf das Bett und ich nahm als erstes eine heraneilende Krankenschwester wahr. So jetzt bekommen sie unsere Wunderpille, dann geht es ihnen gleich besser.

Diese sogenannte Wunderpille war eine einfache „ASS 100" oder auch Aspirin, die das Blut verdünnte, um eine neue Verstopfung zu verhindern.

Das Bewusstsein, die Wahrnehmung war wieder einigermaßen hergestellt.,Ich konnte alles verstehen und wahrnehmen, nur sprechen konnte ich nicht und die linke Körperseite war noch gelähmt. Die folgenden, diversen Computertomografieaufnahmen ergaben dann ein Gerinnsel in der „Carotis Interna, re." Die Ärzte zeigten immer ganz einfach an die rechte Halsseite, da ist die Verstopfung.

Das war die erste Diagnose die durch eine Kathederuntersuchung gefestigt werden sollte. Die Kathederuntersuchung ergab keine weiteren Gefahrenquellen. Es wurde dabei allerdings ganz nebenbei festgestellt, dass mein Herz zu klein und tropfenförmig ist, was aber mit dem Hirnschlag nichts zu tun hatte. Nach weiteren Untersuchungen bei einem Internisten und einem Neurologen war eigentlich die Behandlung abgeschlossen. Es sollte aber noch die Diagnose und Behandlungsmöglichkeiten von einem Neurochirurgen abgewartet werden. Es dauerte fast eine Woche bis dieser Chirurg erschien, um mir dann mitzuteilen, dass eine Operation an dieser Stelle zu gefährlich wäre und er das Risiko nicht eingehen könnte.

Allerdings stellten sich ganz neue Fakten heraus. Der Verschluss war nicht, wie die Ärzte gezeigt hatten, am Hals, sondern im Gehirn unterhalb der

Gabe, und da war eben eine Operation nicht möglich.

Mit dieser Diagnose und einer leichten Besserung der halbseitigen Lähmung wurde ich nach vier Wochen entlassen. So wurde ich von einem Tag auf den anderen zum Invalidenrentner gemacht. Plötzlich hockte ich zu Hause herum, hatte nichts zu tun, keine Beschäftigung. Nur die Angst war immer allgegenwärtig, dass es mich wieder erwischt. Noch ein Hirnschlag, dass wär's dann gewesen.

Unser Zusammenleben gestaltete sich zunehmend schwieriger. Ich war nicht mehr genießbar und unausstehlich geworden, denn ich hockte nur rum und fraß mich vor Langeweile auf.

Eines Tages, wir hatten gerade einvernehmlichen Sex, sagte sie plötzlich mittendrin, geh runter, raus, ich hab keine Lust mehr.

Ich war ziemlich geschockt über diesen plötzlichen Sinneswandel und ziemlich sauer. Es hatte doch immer vorzüglich geklappt mit uns zwei oder hatte sie mir schon jahrelang etwas vorgespielt? Ich konnte zu der Zeit noch nicht ahnen, dass es eine endgültige Entscheidung war und es nie wieder zum Sex kam. Jetzt war unsere Beziehung nach 34 Jahren am Ende. Zusätzlich wurde Margret von ihrer angehenden Schwiegertochter, dieser Emanze, immer weiter gegen mich aufgehetzt. So kam es wie es kommen musste. Eines Tages platzte mir der Kragen und ich warf sie aus der Wohnung und beendete die Beziehung.

Wir hatten so gestrampelt und gekämpft, erst mit ihrer Alkoholsucht, dann mit unserem Ein- und Auskommen, dann mit der Eigentumswohnung. Jetzt war alles umsonst gewesen. Es hat mir einen schlimmen Schlag versetzt. 34 verlorene Jahre, ich konnte es nicht verarbeiten. Ich ließ mich mehrere Tage mit Alkohol volllaufen. Ich trank den Schnaps aus Eimern.

Bei irgendeinem Besäufnis lernte ich eine junge Frau von 26 Jahren kennen, die verheiratet war und sich an meiner Schulter ausweinen wollte. Ich nahm sie also mit in meine Wohnung, in der sie sofort in Tränen ausbrach und von ihrem Frust in der Ehe erzählte.

Wir standen noch an der Tür in der Diele, ihre Tränen rannen über das Gesicht, aber ihre Hände zeigten eine ganz andere Stimmung. Sie zog sich mit einer Hand den Slip herunter, hob ihren Rock hoch, sodass ich einen freien Blick auf ihr Juwel hatte.

Dann öffnete sie meine Hose und holte meinen Penis heraus und begann einen wilden Handjob. Bei meinem Alkoholpegel und dem Schock über so viel Geilheit war es bei mir natürlich vergebliche Liebesmüh. Sie gab aber nicht auf und schleppte mich ins Schlafzimmer, zog mir die Klamotten aus und entblößte sich selbst, warf sich aufs Bett und zog mich mit. Dann ging es erst mal richtig zur Sache. Bei mir war es vollkommen fruchtlos. Nur sie hatte nach kurzer Zeit einen wilden Orgasmus, aber nur durch meine Intimküsse und meine Fingerfertigkeit, ansonsten ging gar nichts. Drei Monate ging das so. Meistens stand sie morgens schon um 6:00 Uhr an meinem Bett und wollte nur das eine und nichts anderes. Sie war wie von Sinnen, eine richtige Nymphomanin. Nebenbei bettelte sie mich noch an, ich will ein Kind von dir. Mach mir jetzt ein Kind, es ist gerade die richtige Zeit.

Ich war schon irritiert und schockiert über so viel Geilheit und Abgebrühtheit. Sie war doch verheiratet, was dachte sie sich dabei.

Wie gesagt, nach drei Monaten stand plötzlich ihr Mann in der Tür, da war das Spiel aus. Nach einer heftigen Diskussion, bei der sie alle Schuld von sich wies und natürlich abstritt jemals gesagt zu haben, sie wolle ein Kind von mir, war die Liaison beendet und wir haben uns nie wiedergesehen.

Ich brauchte einige Wochen um mich von diesem Schock zu erholen und von den Gedanken über die Folgen dieser Beziehung. Es war ja doch einigemale zu wildem Sex gekommen. Ich verdrängte diese miesen Gedanken bis zu dem Tag, an dem ich einen Anruf von ihr bekam, in dem sie mir mitteilte, dass sie schwanger sei und dass es nur von mir sein könnte, da sie mit ihrem Mann seit Wochen keinen Verkehr gehabt hätte. Ich beruhigte sie. Wir warten bis es so weit ist, ich werde dafür einstehen wenn es von mir ist, aber nur nach einem Vaterschaftstest.

Bis zum heutigen Tage hörte ich nichts mehr von ihr. Ich konnte nicht länger tatenlos zu Hause rumsitzen und musste irgendwas anfangen. Mir viel ein Inserat ins Auge. Es wurde ein Fahrer für einen Behindertenbus gesucht und dann auch noch in meiner Nähe.

Ich holte morgens die behinderten Kinder zu Haus ab und fuhr sie zur Schule. Am Nachmittag holte ich sie wieder ab und fuhr sie nach Hause. Geld verdiente ich auch noch dabei und bis 15:00 Uhr hatte ich meine Beschäftigung. Die restliche Zeit verbrachte ich am PC in irgendwelchen Foren und Chats. Hier lernte ich eines Tages eine nette Frau aus Sachsen kennen. Sie stellte sich als Mona vor, wobei ich am Anfang nicht wusste, ob es ihr richtiger Name war. Wir schrieben uns öfter am Abend wenn wir beide online waren. Wie ich erfuhr, war sie auch von ihrem Lebensgefährten verlassen worden. Wir waren also beide einsam und alleine und suchten hier etwas Ablenkung, vielleicht auch eine neue Bekanntschaft. Am Anfang war es meistens ein rein zufälliges Treffen in dem Chatroom. Es entwickelte sich aber immer mehr zu gezielten Verabredungen und längeren Unterhaltungen, die manchmal auch Stunden dauerten. Nach einigen Wochen wurde von beiden Seiten auf das Heftigste geflirtet. Ich hatte manchmal das Gefühl, als würden wir uns schon ewig kennen. Sie war so eine nette Person, so freundlich und nett, so warmherzig und gefühlvoll, eine nette Stimme hatte sie auch, die ging mir durch Markt und Sögestraße. Wenn ich morgens meine Kinderchen an der Schule abgeliefert hatte, konnte ich die Zeit nicht abwarten bis sie anrief. Es klappte nicht immer mit dem Anrufen. Sie war noch selbstständig als Immobilienmaklerin tätig und konnte nicht immer gleich am Telefon hängen um mich anzurufen. Aber wann auch immer, wir telefonierten jeden Tag zusammen und das über längere Zeit. Der Rekord an einem Wochenende war von 18:00 Uhr bis zum Morgen um 5:30 Uhr, dann fielen wir erschöpft ins Bett. Wir kannten uns ja erst vier Wochen, aber in dieser Nacht wurden wir zum ersten Mal intim, nur verbal versteht sich. Aber wir wagten uns ziemlich weit vor und flüsterten uns Sachen ins Ohr die durfte keiner hören. Ich streichelte sie an den intimsten Stellen, an den Brüsten, die Schenkel rauf und runter bis an ihr Juwel. Wir konnten es beide nicht mehr ertragen. Sie stöhnte leise vor sich hin und bat mich endlich aufzuhören, sie könnte es nicht mehr ertragen. Vor Geilheit musste ich selber bei mir Hand anlegen, um mich abzureagieren und stöhnte dabei auch leise ins Telefon. Ob auch Mona ihre Hand zu Hilfe genommen hat, hat sie mir nie erzählt. Aber ich würde es vermuten, ist ja auch normal.

So flogen die Wochen dahin und nach dem Austausch von persönlichen Bildern wurde natürlich der Wunsch auf beiden Seiten immer stärker, sich einmal persönlich kennenzulernen. Es wurde immer öfter darüber gesprochen. Es wurden vorab schon mal einige Termine abgeklopft, wann es denn mal klappen könnte. Am 16.09.1996 war es dann endlich soweit. Monika bat mich nach Leipzig zu kommen. Sie wollte mich endlich kennenlernen, den Mann mit dem sie seit Wochen und Monaten am Telefon viele tiefsinnige Gespräche geführt hatte, mit dem sie auf Teufel komm raus geflirtet hatte. Also auf geht's wir reiten nach LE. Ich war hypernervös, besorgte, ihrem Alter entsprechend, 60 rote Rosen und machte mich etwa um die Mittagszeit auf den Weg. Ich hatte mich vorher über die Fahrtstrecke informiert. Das heißt, ich habe Karten studiert um den kürzesten Weg zu finden.

Es klappte auch alles wunderbar bis nach Halle, nur dann hat mich irgendwie mein Orientierungssinn im Stich gelassen.

Ich fand doch nicht mehr raus aus dem verzwickten Halle. Die Beschilderung war noch unter aller Sau, so kurz nach der Wende.

So blamabel es auch war, ich musste Monika anrufen und mir den richtigen Weg erklären lassen. Irgendwann am Nachmittag kam ich in Leipzig an und wurde schon sehnlichst von Monika erwartet. Sie stand vor dem Haus auf dem Bürgersteig. Es traf mich wie ein Blitz aus heiterem Himmel als ich sie sah. Ungefähr 1,65 cm groß, dunkelbraune Haare, eine Superfigur. Das konnte sie nicht sein. Mir viel sofort der Vergleich mit Liz Taylor, meiner Lieblingsschauspielerin, ein. Sie war noch schöner. Ich war vom Donner gerührt.

Aber ruhig bleiben, sie war es. Als sie einen Schritt auf mich zumachte, war ich mir sicher. Raus aus dem Auto, die Rosen geschnappt, ein Blick in ihre blauen Augen, dann lagen wir uns in den Armen und küssten uns innig.

Ja wirklich, ich bin es, der Hans aus Bremen. Nach der herzlichen Begrüßung gingen wir in ihre Wohnung bzw. in ihr Büro, das sie damals noch hatte und stellte mich ihrer Angestellten vor und gleichzeitig ihrem Hund, einen altdeutschen Schäferhund, der mich ziemlich böse beobachtete und ein Donnergrollen rausließ. Die Vorstellung war übrigens etwas kurios. Ich musste mich auf einen Stuhl setzen und Monika holte den Hund, der hieß übrigens Wotan auch Wölfchen gerufen. Sie kam mit dem Hund. Er kam auf mich zugeschossen, knurrte, beschnüffelte mich von oben bis unten und legte sich unter den Schreibtisch. Steh jetzt bitte nicht auf, dann zerfleischt er dich. Du kannst jederzeit hier hereinkommen. Aber wenn du gehen willst, dann wird er wild.

Dann gab es Kaffee und selbstgebackenen Begrüßungskuchen. Es entwickelte sich eine angeregte Unterhaltung, der ich nur etwas halbherzig folgen konnte. Ich konnte mich einfach nicht sattsehen an meiner Monika. Dass mir das Glück noch mal hold sein sollte, konnte ich kaum glauben. Die Angestellte hatte Feierabend und verabschiedete sich und wir waren endlich allein. Wir sahen uns in die Augen und küssten uns innig und voller Liebe, wenn man zu diesem Zeitpunkt schon von Liebe sprechen konnte.

Wir hatten dieselbe Wellenlänge, wie man so schön sagt. Der Abend verlief in einer innigen Atmosphäre. Wir hatten uns viel zu erzählen über den Verlauf der letzten Wochen und Monate, mit den vielen Telefonaten und Gesprächen über die Liebe, über ein Zusammenleben. Wenn überhaupt, wo sollte unser Zusammenleben stattfinden, in Bremen, in Leipzig. Jeder hatte ja seinen Lebens- und Bekanntenkreis, seine Verwandten und Bekannten, sein Umfeld das jeder gern erhalten möchte. Es war also nicht so einfach. Aber das wollten und mussten wir heute nicht entscheiden. Heute waren wir erst mal froh, uns in den Armen halten zu können.

Am späten Abend nahte dann die Stunde der Wahrheit. Beide hatten wir natürlich das Verlangen nach körperlichen Kontakt, sprich Sex. Aber das war viel zu früh. Monika hatte auch Bedenken, nach so kurzer Zeit schon Sex zu haben. Beim zu Bett gehen musste ich ihr das Versprechen geben, nichts in der Richtung zu unternehmen und mich ruhig zu verhalten. So zogen wir uns aus und kuschelten uns aneinander ins Bett und obwohl es mir schwer fiel, ich unternahm nichts, was diese selige Stimmung trüben könnte. Ich erwachte am nächsten Morgen und Monika war nicht da. Ich hatte vergessen, dass sie ja ihrem Beruf als Immobilienmaklerin nachgehen musste. Ihre Angestellte war schon aktiv, also musste die Chefin auch erscheinen. Wir schafften es irgendwie zu dritt zu frühstücken und plauderten noch ein wenig. Dann ging es wieder an die Arbeit. Die beiden Damen saßen an ihrem PC und waren fleißig am tippen. Nur ich kam mir im Moment ziemlich einsam und verloren vor. Es stand noch ein dritter PC im Büro und Monika meinte, ich könnte mich damit beschäftigen und versuchen ihn wieder in Gang zu kriegen, da er abgestürzt sei. Jetzt kam mir meine langjährige Erfahrung mit Computern zugute. Es dauerte zwar einige Stunden, aber ich schaffte es irgendwie und er startete wie eine eins. Ich war den ganzen Tag etwas unruhig und nervös und konnte die Zeit bis zum Abend kaum abwarten. Ich glaube, Monika ging es nicht anders. Sie schaute mich immer öfter an und blinzelte mir zu. Dann war endlich Feierabend. Wir speisten zusammen, unterhielten uns über die vergangene, aufregende Zeit mit vielen E-Mails und Telefonaten. Auch über das längste, intimste, schärfste Gespräch unserer Bekanntschaft wurde gesprochen. Wir liefen beide rot a, als wir über die Einzelheiten sprachen, wie ich sie in Stimmung brachte, wie ich sie geil machte mit meinen intimen Worten. Ich sprach davon, wie ich sie liebkosen würde, wie ich die Innenseiten ihrer Schenkel bis zum Grotteneingang streicheln würde und sie an ihren Schamlippen küssen würde und ihren Kitzler reiben würde bis zum Orgasmus. Ich merkte genau wie sie sich wand, wie sie stöhnte und jauchzte. Ich war davon überzeugt, sie hatte einen tollen Orgasmus. Aber sie sparte auch nicht mit geilen Ausdrücken und brachte mich immer mehr in Stimmung. Ich wurde fast verrückt vor Geilheit. Dann war es soweit. Wir schrien beide ins Telefon. Sie hatte ihre Hand zu Hilfe genommen wie sie mir gestand, und auch ich hatte Fräulein Faust bemüht. Das war das Tollste was ich je erlebt habe. Über all diese Dinge sprachen wir und kamen dabei natürlich in eine gefühlvolle Stimmung die gegen Mitternacht ihren Höhepunkt erreicht hat. Unsere Hände wanderten über unsere heißen Körper und berührten dabei auch die intimsten Stellen, die bei ihr total feucht waren und auch bei mir eine tolle Erektion hervorrief. Jetzt gab es kein halten mehr und wir schritten zur Tat.

Es war ein tolles Erlebnis mit Monika. Eine ganz andere Art, nicht so wie ich sie kannte.

Meine Zeit in Leipzig

Am nächsten Tag sprachen wir über unsere Zukunft, ob und wie lange ich bleiben sollte. Ob ich nach Leipzig übersiedeln sollte oder ob Monika nach Bremen kommen würde. Sie lehnte eine Übersiedlung kategorisch ab. Sie ist in Leipzig geboren, hat hier ihren Lebensmittelpunkt. Bei mir lag die Sache etwas anders. Ich hatte mich gerade von meiner Ex-Lebensgefährtin getrennt und hatte eine neue Liebe gefunden, die ich nicht verlieren wollte. Ich hatte zwar noch meine Eigentumswohnung, aber ich hatte nach meinem Schlaganfall und anschließendem Rentnerdasein zunehmend Schwierigkeiten die Wohnung zu halten. Ich musste mich also entscheiden, entweder die Wohnung zu vermieten oder gar zu verkaufen. Bei Vermietung der Wohnung musste man damit rechnen, dass die Wohnung total verwohnt würde. Man war weit vom Schuss um ein Auge darauf zu haben. Bei Verkauf musste man mit dem Risiko rechnen, dass man unter Wert verkaufen musste.

Trotzdem überwand ich mich, die Wohnung zu verkaufen. Wir entschlossen uns also, dass ich nach Leipzig umsiedeln würde. So bereitete ich alles vor, die Formalitäten bei den Behörden. Da wir den Umzug in eigener Regie bewerkstelligen wollten, musste ein Auto angemietet werden. Inserate für die Wohnungsauflösung mussten aufgegeben werden, usw. usw.

Dann war es soweit. Im Sommer 1997 machten wir uns auf den Weg. Es waren immerhin gut 400 km zu bewältigen. Nach kurzer Rast kamen wir gegen 8:00 Uhr an der Wohnung an und sahen schon aus einiger Entfernung die Menschenansammlung vor dem Eingang des Hauses. Wie die Geier vielen die Leute über das Inventar her. Sie rissen uns die Sachen aus den Händen, stritten untereinander über günstigsten Gegenstände. Einiges verschwand auch ohne Bezahlung, aber das konnten wir verschmerzen. So war am ersten Tag das Kleininventar verkauft. Für die Möbel wurden Termine abgestimmt zum Demontieren und Abtransport.

Nach der langen Anfahrt und dem aufregenden Inventarverkauf gönnten wir uns am Abend ein gutes Essen in einem guten Gartenlokal. Am nächsten Tag begann am frühen Morgen wieder der Andrang bei der Auflösung. Nach Abflauen des Andrangs begannen wir mit der Beladung unseres LKW. Am Abend starteten wir wieder Richtung Leipzig und waren etwa 23:00 Uhr am Ziel angelangt.

Wir beschlossen erst einen Tag Pause einzulegen bevor wir wieder Richtung Norden starteten. Bei der zweiten Tour brachten wir alles zum Abschluss. Alle Möbel waren abgeholt, alles Kleininventar war relativ gut verkauft. Es war ein Abschied für immer, also nichts wie weg. Mein Sachbearbeiter bei der Wohnungsbaugesellschaft fand verhältnismäßig schnell einen Käufer für das Objekt und leitete den Verkauf in die Wege, sodass ich nur noch einmal die Fahrt auf mich nehmen musste, um meine Unterschrift unter den Kaufvertrag zu setzen. Dann war ich sozusagen wohnungslos.

Die Wohnung wurde auch noch zu einem guten Preis verkauft. Sie brachte mir etwa einen Gewinn von 13 000,00 DM ein. Ich konnte wirklich zufrieden sein.

Leben mit Monika

Jetzt begann mein neues Leben mit meiner Monika in Leipzig. Ich war froh und glücklich jetzt täglich bei ihr zu sein und habe alle wehleidigen Gedanken an den Verlust meiner alten Heimat, der Verwandten, der Bekannten und Freunde, den Verlust der Wohnung, verdrängt.

In der Anfangszeit gab es ein paar Schwierigkeiten in unserem Zusammenleben. Wir hatten beide unsere Eigenheiten und Angewohnheiten und Monika war eine dominante Frau, dass musste sich erst einspielen. Kompromisse schließen war jetzt angesagt, dass war für beide Seiten nicht einfach.

Zum Beispiel brauchte ich mindestens einmal die Woche Sex, was ich persönlich als normal ansah. Für Monika war das einfach zuviel, alle drei bis vier Wochen würde ihr genügen, meinte sie. Aber mit der Zeit haben wir dieses Thema auch in den Griff gekriegt.

Wir waren jetzt mittlerweile zwei Jahre zusammen und ich machte ihr den ersten Heiratsantrag, so mit Kniefall, Blumen und so. Doch das lehnte sie mit derBegründung einer enttäuschten Liebe ihres Ex-Lebensgefährten ab.

Dann kam das schlimme Jahr 1998. Eines nachts um ca.1:00 Uhr fand ich meine Monika mit schwerer Atemnot in der Diele unserer Wohnung. Ihre Lippen waren blau, das Gesicht fahl, Schweiß auf der Stirn. Ich konnte sehen, dass sich ihr Zustand zusehends verschlechterte. Der Notarzt musste kommen, aber schnell.

Ich wartete, mir kam es vor als hätte ich schon eine halbe Stunde gewartet, mir war jedes Gefühl für die Zeit abhandengekommen. Also noch mal 110 gewählt - jetzt machen sie doch mal ein bisschen Dampf, meine Frau stirbt mir unter den Händen weg. Dann waren sie endlich da. Monika bekam eine Spritze und Sauerstoff und wurde in den Rettungswagen geschoben. Aber sie fuhren erst nach einer halben Stunde zur Klinik. Sie wurde solange im Rettungswagen behandelt. Später erfuhr ich dann, dass sie in der Klinik reanimiert werden musste. Sie hatte einen Vorderwandinfarkt erlitten wie man mir sagte und dabei wurde gleichzeitig Diabetes II festgestellt.

Nach ihrer relativ schnellen und guten Erholung, fuhren wir im November noch einmal in meine alte Heimat. Wir besuchten die Wesermarsch, Nordenham, Brake, Sandstedt, Bremerhaven und fuhren dann zum Geburtstag meiner Mutter. Dabei stellte ich ihr gleichzeitig ihre Schwiegertochter in spe vor. Insgesamt waren es nur drei Tage, aber es waren schöne Tage. Monika hatte sich wunderbar erholt und sie genoss die Tage an der Weser und an der Nordsee.

Als wir wieder in Leipzig waren, fing der Ernst des Lebens an. Ich wurde jetzt immer öfter eingespannt. Hier mal eine Fahrt zum Amtsgericht, da kurz bei der Vermessung eines Grundstücks helfen, Fahrten zur Post, Bank usw. usw.

Dann stand eine längere Reise an, die uns nach NRW führte, wo Monikas Kinder lebten. Der Sohn war in MG als Immobilienmakler tätig, die Tochter als Dozentin, die mich jetzt kennenlernen sollten. Ich fand die beiden Kinder ganz sympathisch, obwohl die Tochter ziemlich arrogant rüberkam. Sie war ein Ichmensch, eine Egoistin wie sie im Buche stand. Das sollte ich später noch öfter zu spüren bekommen. Mit dem Sohn kam ich eigentlich ganz gut zurecht. Er war ein kleiner Playboy, ein Lebemann, der seine Autos über sein Leben stellte. Ein großes Auto brauche ich zur Imagepflege, ich hab ja schließlich was zu verlieren. Spätestens alle zwei Jahre musste ein anderes her. Dann war es ein 750er BMW, dann ein Audi A6, dann ein Mercedes 250 usw.usw. Aber das das sollten meine Sorgen nicht sein. Ansonsten war die Reise nach NRW das reinste Fiasko. Es war Donnerstagmorgen. Wir traten die

Rückreise an, kamen aber nur bis zur nächsten Kreuzung. Dann rappelte es kurz im Motor. Ich hatte zwar beim Keinsten, ungewohnten Geräusch die Kupplung getreten, aber der Motor stand sofort. Der ADAC-Monteur inspizierte kurz den Motor und haute dann den kurzen Kommentar raus. Der ist fest, der Motor war festgelaufen und musste ausgebaut und geschliffen werden. Neue Kolben, neue Lager usw. Die Werkstatt, in die das Auto geschleppt wurde, wollte aber am gleichen Tag mit der Reparatur beginnen, dann können sie morgen das Auto abholen. Als wir am nächsten Tag an der Werkstatt ankamen, war das Auto nicht fertig und wir wurden bis zum Samstag vertröstet. Man glaubt es kaum, das Auto war fertig, aber es war die reinste Katastrophe. Das schöne Auto lief nur noch 80 kmh. Es rotzte und qualmte, dass man glaubte es brennt. Was hatte die Werkstatt nur gemacht. An der nächsten Autobahntankstelle kontrollierte ich glücklicherweise den Ölstand. Der Öltank war total leer. Kein Wunder, nach der Qualmwolke zu urteilen, verbrauchte er mehr Öl als Benzin. Wenn auch langsam und bedächtig, wir kamen doch irgendwie in Leipzig an. Im Jahr 2 000 verkaufte ich dann meinen geliebten 14 Jahre alten Toyota, Camry für 600,00 DM an einen Russen, der direkt mit dem Auto nach Russland startete.

Jetzt hatten wir nur noch Monikas defekten Dedra. Es musste was passieren. Die Tochter war ziemlich scharf auf das Auto. So machte Monika ihrer Tochter ein tolles Geschenk, nachdem wir noch einmal eine Generalüberholung machen ließen. Nach ein paar Monaten war es dann sowei. Die Tochter wollte das Auto abholen. Jetzt mussten wir uns etwas einfallen lassen. So wurden dann tagelang Zeitungen gewälzt und Automärkte abgeklappert. Im Endeffekt fiel unsere Wahl auf einen Opel Vectra 2 l silbermetallic und knapp zwei Jahre alt von einem Opelangestellten in Essen. Allerdings verlangte der gute Mann 22 000,00 DM für das Auto. Er ließ überhaupt nicht mit sich handeln und so hatten wir zwar ein neues Auto, aber waren auch um 22 000,00 DM ärmer. Nicht mal eine Tasse Kaffee gab's zu dem Geschäft. So machten wir uns hungrig und durstig wieder auf den Heimweg.

Unser Bekannter, der mich nach Essen gefahren hatte, immer vorneweg und ich mit dem neuen Opel hinterher. Abends um 22:00 Uhr kamen wir heil und gesund wieder in Leipzig an. An dieser Stelle muss ich leider eine Beichte ablegen, denn meine Schilderungen sind nicht ganz vollständig. Ich habe nämlich bisher mit keinem Wort erwähnt, was ich für eine reiche Frau kennengelernt hatte. Sie hatte kurz nach der Wende ihren alten und verfallenen Familienbesitz verkauft. Das war eine Gründerzeitvilla mit einem großen Grundstück in einem bevorzugten Stadtteil von Leipzig. Der geplante Neubau eines Hotel Garni nach dem Verkauf des Grundstücks viel ins Wasser und so war nach der Auszahlung an Verwandte noch genug Geld übrig für den Kauf zweier Mehrfamilienhäuser. Ein 8-Familienhaus in MG ließ sie sich von ihrem Sohn aufschwatzen und gab ihm zusätzlich noch 30 000,00 DM Darlehen für eine Firmengründung, wovon sie bis heute keinen Pfennig wiedergesehen hat.

Als Nächstes kaufte sie in Leipzig ein

10- Familienhaus, sozusagen als Bauruine und sanierte es 1994 von Grund auf für 950 000,00 DM. Es war ein schönes Haus geworden, allerdings hatte sie wegen Finanzierungslücken auf den Anbau von Balkonen verzichtet, was sich später bei der Vermietung der Wohnungen nachteilig auswirkte. Ich würde sagen, bis zum Jahre 2 000 ließ es sich sehr gut an. Die Wohnungen waren alle zu einem guten Mietpreis vermietet. Aber dann fingen die Schwierigkeiten an. Hier und da zog mal ein Mieter aus, weil er keine Miete zahlen konnte oder weil keine Balkone da waren. Da merkte man dann, dass die leeren Wohnungen lange Zeit leerstanden und sie nicht vermietet werden konnten. Die miese Immobiliensituation in Leipzig wuchs sich immer mehr aus. Es gab allein in Leipzig 60 000 Leerwohnungen. So verschlechterte sich unsere finanzielle Lage immer mehr. Die Mieteinnahmen deckten schon lange nicht mehr den Abtrag an die Bank. Jeden Monat mussten wir von unsere Rente dazubuttern. Wir verhandelten immer wieder mit der Bank, damit der Abtrag verringert würde. Aber die ließen sich auf gar nichts ein. Zu guter Letzt schalteten wir noch eine Finanzmaklerin ein, die an höchster Stelle in Münster Verhandlungen aufnahm. Resultat war, dass wir für einige Monate nur den halben Abtrag zahlen mussten. Das heißt nur die Zinsen, keinen Abtrag. Alle Beteiligten glaubten, das ginge jetzt ewig so weiter. Weit gefehlt. Dann kennen sie die Banken nicht. Nach 4 Monaten kam das dicke Ende hinterher. Die fehlenden 4 Monate sollten nachgezahlt werden. Woher nehmen und nicht stehlen? Wir waren also quasi am Ende.

Da ich zu der Zeit selbstständig war, (Hausverwaltung) kamen jeden Monat Einnahmen von etwa 500,00 € hinzu, die dann an die Bank gingen. Nach einem Zerwürfnis mit dem Eigentümer des Hauses das ich verwaltete, wurden alle Verträge gekündigt, sodass diese Einnahmen auch wegfielen. Das war unser Ende. Aber es warteten noch mehr Schicksalsschläge auf uns. Im Jahr 2005 zogen wir aus unserer angemieteten Wohnung aus und zogen in eine Wohnung in unserem eigenen Haus. Es war eine Dreiraumwohnung, in die wir noch eine supermoderne Duschkabine einbauten. Da lebten wir mit unseren finanziellen Problemen bis 2007. Dann erwischte es Monika wieder einmal. Plötzlich bildete sich in ihren Körper Wasser, ausgelöst durch schwache Herztätigkeit.

Sie hatte zeitweise bis zu 20 kg Wasser im Körper, das aus allen Poren wieder ausdrang. Es lief am Körper herunter an den Beinen lang. Die Beine entzündeten sich von der aggressiven Lymphdrüsenflüssigkeit. Als ich sie lange genug bearbeitet hatte und sie selbst einsah, dass es so nicht weiterging, durfte endlich unsere Hausärztin kommen. Sie fiel aus allen Wolken und grunzte nur noch. Sie muss sofort in die Klinik. Monika schrie kurz auf. Ich geh nicht in die Klinik. Dann bearbeitete die Ärztin mich. Sie müssen ihr das sagen, dass sie in die Klinik geht, sonst ist sie morgen tot. Mir war klar, wenn ich nichts unternehmen würde, dann würde sie in ihrem Sessel in dem sie saß sterben. Trotz aller Bedenken fing die Ärztin mit der Behandlung an. Monika bekam starke wasserabführende Medikamente und Salben für die inzwischen stark entzündeten

Beine. Nach ca. sechs Wochen war das meiste Wasser wieder aus dem Körper. Sie wog jetzt wieder 76 kg von über 90 kg. Nur mit den Wunden hatte sie noch lange zu tun. Mit Gottes Segen und der Kunst unserer Hausärztin hat sie diese schwere Zeit überstanden. Bis zum nächsten Schicksalsschlag. Im Januar, Februar 2009 saß sie plötzlich nachts mit schwerer Atemnot auf der Bettkante. Der Notarzt, den ich rief, wies sie sofort in die Klinik ein. Dort lag sie drei Tage im Koma, bis sie wieder ansprechbar war. Das war ein Herzinfarkt erster Güte, wie die Ärzte mir sagten. Sie bekam zwei Stents implantiert und bekam dann eine dreiwöchige Kur in Bad Lausick verschrieben. Anschließend musste sie noch mal in die Klinik und bekam den dritten Stent gesetzt. Jetzt sollte alles besser werden, so die Auskunft der Ärzte. Und tatsächlich besserte sich die Atmung. Sie hatte nicht mehr diese Beschwerden. Obwohl wir beide dann und wann noch ein gewisses Verlangen nach Sex empfanden, waren wir doch beide zu ängstlich vor irgendwelchen Komplikationen. So hatte sich die gesundheitliche Situation von Monika sichtlich verbessert und sie sah wieder etwas zuversichtlicher in die Zukunft. Obwohl die wirtschaftliche Lage so langsam auf die Katastrophe zurollte. Immer mehr Mieter zahlten keine Miete oder Nebenkosten mehr, immer mehr Wohnungen standen leer. Eine Dachgeschosswohnung stand seit einem Jahr leer. Wir konnten das Haus einfach nicht mehr halten, auch deshalb, wie die Bank keine Verhandlungsrunde ausließ, um uns klarzumachen, dass sie sofort Zwangsmaßnahmen einleiten würde, wenn wir nicht mehr zahlen könnten. Weil viele Anstrengungen, das Haus zu verkaufen, im Sande verliefen und kein ernsthafter Interessent aufzutreiben war, riet ich Monika immer wieder, einen Insolvenzantrag zu stellen. Sie konnte sich einfach nicht entschließen, was ich vollkommen verstehen konnte. Sie hatte all ihr Geld in dieses Objekt gesteckt, viel Blut und Schweiß vergossen, um sich einen Notgroschen fürs Alter zu schaffen. Zu diesem wirtschaftlichen Desaster kamen die Sorge um ihre verbliebenen zwei Kinder von vieren. Der Sohn, der seine Mutter total missachtete. Seit mehreren Jahren kein Wort mit ihr wechselte, kein Telefonat, kein Gruß zum Geburtstag, Muttertag, Ostern und Weihnachten, absolut nichts. Die Tochter, die ihrer Mutter zu Anfang immer Vorhaltungen gemacht hat. Du ziehst einfach nach LE und lässt uns hier allein in MG und was hast dueigentlich mit deinem ganzen Geld gemacht usw. usw., sich später aber zu ihrem Vorteil verändert hat, die ihrer Mutter auch mal einen Gefallen tat und öfter auch mal die liebevolle Tochter herauskehrte. Die Sorge von Monika war einfach, dass sie ihr Leben mit über fünfzig Jahren nicht in den Griff kriegte. Durch ihre Dominanz, ihre unvorstellbare Arroganz und ihre Ichmentalität fand sie natürlich keinen Partner oder wenn, dann waren es irgendwelche schräge Typen, die hier und da auch mal das Faustrecht ausübten. All dies zusammen genommen vernichtete langsam aber sicher ihre psychische und physische Substanz. Irgendwann im Juli 2011 war es dann soweit, das Haus stand seit Mai des Jahres unter Zwangsverwaltung und Monika konnte sich einfach nicht vorstellen weiter in dem Haus zu wohnen, wo die Mieter sie alle scheel ansahen. Hier guck mal, die ist mit ihrem Haus Pleite gegangen. Das war zu viel für sie. Also zogen wir im Juli in eine Zweiraumwohnung in der Nähe. Der Umzug war noch gar nicht vollkommen abgeschlossen, da bekam Monika starke Magen- und Darmkoliken. Zuerst nahm sie an, sie hätte was falsches gegessen oder den Unterleib verkühlt. Aber ich würde sagen, das hatte andere Ursachen. Seit dem Tage ist meine geliebte Frau total zusammengefallen, eine allgemeine Schwäche, Appetitlosigkeit, Müdigkeit. Sie liegt einfach nur noch im Bett und hat Mühe zur Toilette zu gehen. Dass ich einen Arzt rufe lehnt sie kategorisch ab. Ich sprach mit unserer Hausärztin darüber, auch das Monika mir verbot, einen Notarzt zu rufen. Sie hat mich noch einmal eindringlich gebeten auf meine Frau einzuwirken, dass sie einen Arzt kommen lässt und versprach gleichzeitig einen Hausbesuch zu machen, um auch auf sie einzuwirken in die Klinik zu gehen. Nach der Überzeugungsarbeit der Ärztin sah meine Frau ein, dass es nicht anders ging. Sie ließ sich in die Klinik einweisen. Keinen Tag zu früh, wie sich später herausstellte. Sie hatte ein akutes Nierenversagen und wurde gleich auf die Intensivstation verlegt. Ihr Körper war schon vollkommen vergiftet. Es wurde gleich für mehrere Stunden eine Blutwäsche gemacht, um den Körper wieder zu entgiften. Alle Medikamente die sie bisher schon genommen hatte, auch ihr Insulinplan, wurden wieder umgestellt. Als nächstes wurde ein Katether gelegt für die Dialyse, die sie in Zukunft dreimal die Woche bekam. So wurde sie langsam und behutsam physisch und auch psychisch wieder aufgebaut. Am 16.08.2011 wurde sie in die Klinik eingeliefert und am 31.08.2011 wieder entlassen.

Aber damit war sie noch nicht gesund. Es begann der Kreislauf der Arztbesuche, Nephrologin, Diabetologin, Kardiologe, usw. Dann kam jeden Tag der Pflegedienst zur Wundbehandlung der offenen Beine. Meine Frau hat noch ein paar Hilfsmittel beantragt, einen Rollstuhl, eine Toilettenerhöhung und einen Duschstuhl. Eine Pflegestufe wurde auch noch beantragt. Mit all diesen Maßnahmen versuche ich, gemeinsam mit Ärzten und Pflegepersonal, ihr Leben etwas erträglicher zu gestalten, damit sie ihren Lebensmut nicht ganz verliert. Ich hoffe und bete, dass sie sich wieder erholt. Gott steh uns bei. Aber das war noch nicht das Ende der gesundheitlichen Unglücksserie. Ich selber hatte bisher meine Gesundheit ziemlich vernachlässigt. Zum Beispiel verschleppte ich seit Jahren Beschwerden in meinem linken, lädierten Knie. Einigemale war ich bei einer Orthopädin die Punktionen vornahm und so für einige Zeit für Besserung sorgte. Aber es stellten sich immer wieder Beschwerden ein. Ferner kämpfte ich mich jahrelang mit einer Schuppenflechte herum. Ich versuchte mit allen Mitteln und Salben der Sache Herr zu werden, was mir nicht so richtig gelang. Selbst Salben aus der Ukraine und Israel brachten nicht den Erfolg. Im Gegenteil, wenn es im Gesicht und am Körper auch wieder verschwand, es gab einige Stellen zum Beispiel auf dem linken Handrücken, da verschwand es nicht mehr. Langsam, aber stetig vergrößerte sich die Stelle auf dem Handrücken und wuchs zu Erbsengröße heran. Ich versuchte weiter mit meinen Salben und Tinkturen die "Erbse" zu bearbeiten und sah doch, dass es nichts brachte. Nach mehreren Jahren des Rumprobierens schaffte ich es eines Tages einen Hautarzt aufzusuchen. Er betatschte ausgiebig meinen Rücken. Sie können sich wieder anziehen. Dann verschwand er in einem andren Behandlungszimmer und kam nach einiger Zeit wieder zurück. Setzte sich mir gegenüber in 2 m Entfernung auf einen Hocker und guckte auf meine Hand. Sie haben Krebs, sie werden zwar nicht gleich dran sterben, aber es muss was gemacht werden. Lassen sie sich einen Termin geben für einen kleinen Eingriff. Ich muss zugeben, ich war doch einigermaßen geschockt und rannte kopf- und wortlos aus der Praxis. Nach drei Jahren hatte sich die Sache von der"Erbse" zur "Kastanie" entwickelt und wurde zunehmend lästig und unangenehm. Ich konnte die Sache nicht mehr vertuschen oder verstecken, zum Beispiel beim Einkaufen im Supermarkt. Alle Welt redete auf mich ein, meine Frau, mein Freund und das Personal vom Pflegedienst. Geh doch endlich mal zum Arzt. Man kann es ja nicht mehr sehen, da wird einem ja schlecht.

Im Mai 2014 war es dann soweit Da hatte ich endlich meinen inneren Schweinehund überwunden. Meine Hausärztin stellte eine Überweisung aus zum Chirurgen. So kam der Stein ins rollen.

Am 07.05.14 fand dann der kleine Eingriff statt und die "Kastanie" wurde entfernt und ins Labor geschickt. Beim Verbandswechsel am 16.05.2014 holte der Operateur dann den Hammer raus. Der Befund ist da, leider nicht gutartig. Ich, also bösartig-ja. Das wars dann. Wächst er schnell oder langsam nach, dass kann ich ihnen nicht sagen. Wir müssen aber noch mal etwas nachschneiden, damit alles rauskommt. Nächster OP- Termin 21.05.2014-7:45 Uhr. Das ist aber endgültig das Letzte, was daran geschnibbelt wird. Eine Nachbehandlung findet nicht statt. Von wegen Chemotherapie, Bestrahlung usw. lehne ich ab. Wir müssen ja alle mal sterben. Der eine früher, der andere später. Aber das war noch längst nicht alles an schlechten Nachrichten.

Monikas Füße wurden immer schlimmer, vor allen Dingen der linke Fuß. Sämtliche Zehen waren inzwischen pechschwarz. Die Reise ging wieder los von Arzt zu Arzt. Es hieß nur immer Amputation, Amputation. Aber meine Frau lehnte immer wieder ab. Ich wollte sie nicht zu etwas zwingen und überließ ihr die Entscheidung. Aber ich warnte sie eindringlich vor der Sepsis die eintritt oder schon eingetreten war. Keiner könnte ihr sagen, wie qualvoll das Sterben bei einer Sepsis sein würde. Es kam wie es kommen musste. Die Sache verschlimmerte sich von Tag zu Tag. Manchmal schrie sie den ganzen Tag. Dann schrie sie Mutti, Mutti hilf mir. Ich konnte es manchmal nicht ertragen, wenn der geliebte Mensch sich so quälen muss. Dann bekam sie am 25.07.2014 eine Einweisung in die Klinik von der Dialyseärztin mit dem Hinweis,-aber nicht auf die lange Bank schieben.

Am selben Tag ging sie nicht. Aber am nächsten holte man sie ab. Am 27.07.2014 besuchte ich sie in der Klinik. Sie war verhältnismäßig gut drauf und gab mir beim Gehen noch verschiedene Sachen auf, die ich am nächsten Tag mitbringen

sollte. Der nächste Tag war Sonntag. Meine
Monika schlief. Ich ließ sie schlafen. Nach drei
Stunden schlief sie immer noch. Zum Glück kam
eine Schwester und wollte Blut ziehen. Sie bekam
Monika nicht wach und rief den Arzt. Es kamen
fünf Ärzte. Einer sagte dann, sie hat einen akuten
Zuckerschock und einen Kreislaufkollaps. Wir
müssen sie auf die Intensivstation bringen. Sie
warten bitte hier, sie werden dann gerufen.
Abends um 20:00 Uhr saß ich immer noch da.
Dann bin ich einfach in die Intensivstation
marschiert. Da lag meine Monika schon im
Koma.Im Moment konnte ich nichts tun. Am
nächsten Tag hatte ich dann ein 1 1/2
Stundengespräch mit dem Arzt. Er erklärte mir
nochmal die genaue Sachlage. Monika war quasi
im Endstadium. Man müsste ihr schnellstens
beide Beine amputieren. Beide Beine, nein und wir
glaubten immer nur der linke Fuß. Aber überleben
würde sie trotzdem nicht, wenn sie überhaupt die
Operation überstehen würde. Alternativ könnte
man noch eine verstärkte Antibiotikatherapie
machen. Aber das wäre nur eine
Leidensverlängerung. Nach den Worten des Arztes
sollte man überlegen, ob man der Natur nicht
ihren Lauf lassen sollte. Sie bekäme ein sehr
starkes Schmerzmittel, dann würden Schmerz-,
Angst- und Stressgefühle ausgeschaltet und sie
würde ganz ruhig einschlafen.
Ich brachte es einfach nicht fertig und fragte,
wieviel Zeit bleibt noch. Er antwortete, es bleibt
ein Zeitfenster von 36-48 Stunden. Am 29.07.2014
fragte ich nach dem Zustand meiner Frau.
Antwort: Er hat sich noch verschlechtert. Die
Frage, wie ich mich entschieden hätte, konnte ich

nur durch Kopfnicken kundtun, denn ich kriegte kein Wort raus. Der Arzt reduzierte dann alle Medikamente, stellte dann die künstliche Beatmung auf normal ein. Ich konnte keinen klaren Gedanken fassen und streichelte sie, küsste sie und meine geliebte Monika schlief ganz ruhig ein.

Der Tod

Ich hatte gerade das Liebste was ich hatte, verloren. Ich versuchte mich damit zu beruhigen, sie hat keine Schmerzen mehr und sie ist in Gottes Hand. Der letzte Weg meiner Geliebten war am 13.08.2014 zu Ende. Ruhe in Frieden, ich werde dich nie vergessen.

Lange Zeit blieb ich allein mit meinem Seelenschmerz. Ich musste immer wieder an ihre schweren und letzten Stunden denken. Vom schlechten Gewissen, von dem Gedanken, hast du alles richtig gemacht, konnte ich mich einfach nicht befreien. So siechte ich einfach so dahin und konnte meine Monika nicht vergessen. Ich wollte ihr folgen. Ich wollte nicht alleine sein, der Gedanke kam mir jetzt immer öfter. Aber ich schaffte es nicht. Ich war einfach zu feige. Manchmal lenkte mich das Gespräch mit meiner Stieftochter etwas ab, die selber auch schwer angeschlagen war. Wir sprachen uns dann gegenseitig Trost und Mut zu. Sie versuchte außerdem mich etwas aufzubauen. Geh doch mal zu deinem Freund. Geh doch mal irgendwo einen Kaffee trinken, vielleicht lernst du mal einen Menschen, eine Frau kennen und ihr unterhaltet euch mal über Gott und die Welt. Sie meinte, eines

Tages wirst du deinen Schmerz vergessen und ein neues Leben, vielleicht mit einer neuen Frau an deiner Seite, beginnen. Ich konnte es mir im Moment überhaupt nicht vorstellen. Der Schmerz und der Verlust des geliebten Menschen, das saß einfach zu tief. Aber man sagt immer, die Zeit heilt alle Wunden. Und das bestätigt sich immer wieder. Es war noch nicht einmal ein Jahr vergangen, da hatte sich mein Schmerz in eine dumpfe Lethargie gewandelt, in ein- mir ist alles egal- Gefühl. Ich saß nur noch in meiner Wohnung vor dem PC und las Geschichten von Menschen, die genauso gebeutelt waren wie ich, die auch verzweifelt waren und mit ihrem Schicksal haderten. Ich las aber auch, wie sich manche Menschen aus diesem Sumpf gezogen haben und wieder neuen Lebensmut fassten. Ganz langsam aber sicher baute sich in mir auch dieses Gefühl auf. Ich kochte mir jetzt öfter wieder einen Kaffee und nach langer Zeit aß ich mal wieder etwas Leckeres. Irgendwann kam ich dann von vielen Leidensgenossen zu einer anderen Lektüre auf dem PC. Ab und zu erwischte ich mich dabei, dass ich in den sogenannten Singlebörsen schaute und hier und da auch mal eine kurze Geschichte von alleinstehenden Frauen las. Ich betrachtete mir die Bilder der Frauen, las den entsprechenden Text dazu und interessierte mich dafür aus welcher Gegend sie kamen. So langsam aber sicher war ich dann öfter in diesen Börsen zu finden. Fand auch einige Texte sehr gut und manchmal auch die Frauen die abgebildet waren. Zwischendurch gab es dann hin und wieder so halbe Nervenzusammenbrüche, wenn ich an meine Monika dachte. So circa nach einem Jahr wurde ich dann zunehmend etwas dreister und antwortete auf einige Anzeigen von Frauen. Ich korrespondierte mit einer Tschechin aus Hamburg, die sofort zu mir kommen wollte, wenn ich ihr nur das Fahrgeld schicken würde und ein paar Euro extra, damit sie sich einkleiden könnte. Als Zusatz schrieb sie dann noch, ich zahle dir alles zurück. Ich mache alles, ich ficke sehr gut. Da bekam ich es mit der Angst und brach den Kontakt ab. Das musste ich erst ein paar Tage sacken lassen, bevor ich mir eine andere Dame ausguckte. Die kam dann aus der Nähe von Frankfurt und machte einen seriösen Eindruck, schrieb einen guten Text zu ihrem Bild, suchte eine feste Beziehung mit einem gut situiertem Herren, also mit reichlich Moos. Das war also auch nichts für mich, mit 1 000,00 € Rente. Ich las viele hundert Texte und dachte über manche kuriosen Aussprüche nach. Bisher hatte ich nicht das Gefühl, es wäre etwas wirklich gutes dabei gewesen. Nach vielen Tagen bekam ich eine Anzeige zu Gesicht, die mir auf Anhieb sehr gut gefiel. Es war ein Text, der etwas über die Person aussagte, die nicht das schnelle Abenteuer suchte, sondern einen seriösen, festen Freund erstmal nur zum Schreiben, vielleicht später mehr. Vor allen Dingen der letzte Satz ihrer Anzeige gab bei mir den Ausschlag. Sie suchte einen Mann, bei dem der Verstand nicht zwischen den Beinen hing. Ich schrieb sie also höflich an und bekam auch umgehend eine gute und seriöse Antwort. Sie hatte einen guten, gebildeten Schreibstil und schrieb ein paar private Details aus ihrem Leben. Zweimal geschieden, vier erwachsene Kinder, leicht behindert durch eine misslungene Hüftoperation, geboren 1953 usw. Sie war also 15 Jahre jünger als ich, was mir zu denken gab.

Marianne ausgeschnitten

Eine Frau von 62 Jahren hängt sich an so einen alten Kerl, warum? Wo lagen da ihre Interessen. Liebe, Geld, Altersversorgung, Sex. All das war bei mir nicht gegeben. Kein Geld, also keine Altersversorgung. Sex zweifelhaft, da seit 2011 kein Verkehr mehr stattfand. Dann das Alter 78 Jahre. Liebe war bei mir noch vorhanden, da ich immer ein gefühlsbetonter Mensch war. Also gut, wir schrieben uns immer öfter. Der Ton wurde schon etwas gefühlvoller, intensiver, aber immer freundlich und nett. Ich fand sie zunehmend warmherzig, lieb und irgendwann machte ich ihr in einem Anfall von Gefühlsduselei, einen telefonischen Heiratsantrag, wenn es das überhaupt gibt. Sie war dann etwas zurückhaltend, was ich verstehe und antwortete, vielleicht, so am Telefon kann ich das nicht. In einem Gespräch erwähnt sie, dass wir uns vielleicht bald sehen könnten, weil sie ihren Sohn, der in Leipzig wohnt, zu Weihnachten besuchen wollte. Das war natürlich Wasser auf meine Mühle und ich versuchte sie zu überreden, doch schon vorher nach Leipzig zu kommen. Ich hatte schon immer ein Faible für Frauen im mittleren Alter. Meine Überzeugungskraft hatte wohl einige Spuren hinterlassen. Ich hatte erreicht was ich wollte, sie kam und wie sie kam. Am 15.12.2014 stand sie dann endlich vor mir. Ich schloss sie in die Arme und küsste sie herzlich und ausgiebig. Wir stiegen in mein Auto und fuhren in meine Mietwohnung, 2 Zimmer, Küche, Bad und ein kleiner Balkon. Ich machte uns einen leckeren Kaffee, ein kleines Stück Obstkuchen mit Schlagsahne und wir plauderten über Gott und die Welt. Sie erzählte etwas aus ihrem Leben, über die Höhen und Tiefen ihrer beiden Ehen, über ihre 4 Kinder, wovon ein Sohn, wie ich schon erwähnte, in Leipzig wohnte.

Zwischendurch küssten wir uns zärtlich, aber noch etwas zaghaft. Es wurde noch besprochen, wie wir Weihnachten verbringen würden. Sie möchte gern am Heiligabend bei mir sein und am 1. Feiertag bei ihrem Sohn, dann wäre sie am 2. Feiertag bei mir. Es war spät geworden. Ich brachte sie zu ihrem Sohn. Wir verabschiedeten uns unter tausend Küssen für die nächsten zwei Tage. Die Wartezeit fiel mir verdammt schwer. Ich konnte es kaum erwarten, sie wieder zu sehen.

Dann war es soweit. Sie kam, sah und siegte. Wir speisten ausgiebig bei Gänsebraten, Klößen und Rotkohl. Nach dem Essen gab es noch einen schönen Kaffee. Danach waren wir einfach nicht in der Lage unsere Gefühle zu zügeln. Wir rannten quasi ins Schlafzimmer und sprangen nackt ins Bett. Dann meldete sich mein schlechtes Gewissen. Ich musste ja beichten und ich musste ihr sagen, dass ich mit 78 Jahren nicht mehr in der Lage war sie zu befriedigen. Es fehlte an der Erektion. Ihr würde das nichts ausmachen, sagte sie. Ich zweifelte an ihren Worten.

Nichtsdestotrotz haben wir ein ausgiebiges Petting betrieben in allen Variationen, mit Orgasmus, mit Erguss und allem, was dazugehört. Sie zeigte sich als gefühlsbetonte und warmherzige Frau.

Ich habe selten so eine geile und feuchte Frau erlebt und das mit 62 Jahren. Alle Achtung. In dieser Nacht blieb sie zum ersten Mal bei mir und sie hatte ihren Appetit noch nicht gestillt. Also wiederholten wir unsere Liebesspiele bis zum frühen Morgen.

Sie blieb vorerst eine Woche bei mir und ging dann für einige Tage zu ihrem Sohn. Aber wenn sie bei mir war versuchte ich sie zu überzeugen, dass wir zusammen bleiben sollten. Das bedingte aber, dass sie umziehen musste nach Leipzig.

Im Januar des neuen Jahres eröffnete sie mir, dass sie noch ein paar Tage zurückmüsste in ihren Wohnort, Altlußheim. Ich ließ jetzt nicht mehr locker und bearbeitete sie täglich bei unseren Telefongesprächen doch anzufangen den Hausstand zu verpacken und endlich den Umzug zu wagen. Ich wusste, dass es nicht so einfach war, alle Zelte einfach abzubrechen, alle Freundinnen zurückzulassen. Aber ich rechne es ihr hoch an, sie hat es getan und ist zu mir gekommen. Die nächsten Wochen und Monate hatten wir alle Hände voll zu tun mit auspacken, einräumen, waschen und putzen, bis alles seinen Platz gefunden hatte. Unser Liebesleben musste aber nicht darunter leiden. Sie war endlich bei mir und das nutzten wir reichlich aus. Im Februar fiel dann mein Geburtstag an. Es war der 78. und wir feierten im kleinen Kreis mit ihrem Sohn zusammen, der am gleichen Tag Geburtstag hat. Dann folgte der 63. Geburtstag von meiner Marianne. Wir gingen in einem nahen Lokal essen. Als nächstes stand eine Fahrt in meine alte Heimat an. Wir verbrachten einen Kurzurlaub in der Hansestadt Bremen. Außer einem kurzen Besuch bei meiner Nichte grasten wir natürlich die nähere und weitere Umgebung ab. Es waren ein paar schöne Tage, die äußerst harmonisch verliefen. Aber eben zu kurz waren. Wir fuhren durch das geisterhafte Teufelsmoor und machten auch einen Abstecher in das Künstlerdorf Worpswede am Rande des Moors. Aus dieser Künstlerkolonie kamen sehr viele bekannte und berühmte Maler und Bildhauer, unter anderem Heinrich Vogeler, Bildhauer Hoetger, Paula Moderson-Becker und viele andere. So lebten wir die nächsten Monate harmonisch, mit kurzen Unterbrechungen, wenn sie ihren Sohn besuchte, äußerst glücklich zusammen und versuchten unseren Haushalt auf die Reihe zu kriegen. Irgendwann kam bei mir der Gedanke auf, dass wir doch heiraten könnten, wenn wir schon zusammen wohnten und uns gut verstanden.

Heiratsantrag

Also frisch gewagt, einen ordentlichen Blumenstrauß gekauft und dann runter auf die Knie. Ich kam zwar etwas ins stottern, aber dann kam es.
Meine liebe Marianne, ich möchte dich gern heiraten, willst du meine Frau werden?
Ich glaubte es ja nicht, - sie sagte ja.
In den folgenden Tagen wurde dann noch das Datum festgelegt für die Anmeldung beim Standesamt. Wir einigten uns auf einen Termin im Mai. Also am 02. Mai flugs zum Standesamt und Termin ausloten. Auf die Frage der

Standesbeamtin, wann möchten sie denn gern? Ich als vorlautes Mannsbild, so schnell wie möglich. Ja gut, da haben wir den 07. Mai noch frei, wenns genehm ist. Ich war so perplex, dass ich nur noch ja okay hauchen konnte. Dann wankte ich mit meiner Braut im Arm zu unserem Auto. So kam es dann, dass wir noch in Stress gerieten. Von wegen was ziehen wir an. Ein Brautstrauß muss bestellt werden, ein Tisch muss bestellt werden im Lokal, usw. usw.

TRAUUNG

Am 07. Mai 2015 dackelten wir beide um 10:00 Uhr zum Standesamt und kamen um 10:30 Uhr als Mann und Frau wieder heraus.

Brautpaar

Meine Frau hatte ja schon zweimal "DAS VERGNÜGEN", wenn man nach zwei gescheiterten Ehen noch von Vergnügen sprechen kann. Was da, dem Erzählen nach so gelaufen ist, war schon hochkriminell und lebensgefährlich. Ich stand auch schon das zweitemal vor Ort, wenn man so will. Aber nur, weil meine Monika gestorben war.
Jetzt begann für uns der Ernst des Ehelebens mit all seinen Vor- und Nachteilen. Wobei es am Anfang viele Vorteile mit sich brachte. Es gab regelmäßig Essen, Trinken, Sex und vieles mehr. Hier und da gab es auch mal etwas Zoff. Wir mussten unser beider Leben einander anpassen, Kompromisse schließen. Da stellte sich so ganz nebenbei heraus, meine Frau konnte keine

Kompromisse schließen. Sie versuchte immer wieder ihren Kopf durchzusetzen. Sonst war man beleidigt.

Im Bett waren wir auch noch nicht auf den gleichen Nenner gekommen. Am Anfang wollten wir beide zu viel, es war fremd, neu und ziemlich geil. Aber ich war davon überzeugt, dass es sich einpendeln würde auf ein vernünftiges Maß.

Was uns auch etwas Sorgen bereitete war unsere finanzielle Situation. Wir hatten beide noch einige Kleinigkeiten zu bezahlen. Meine Frau musste noch Gerichtskosten abzahlen aus einer abgelaufenen Insolvenz. Ich musste das Auto noch abzahlen. Dann brauchte meine Frau eine neue Brille, bei mir war es die Autosteuer. So läpperte es sich und wir mussten dann jeden Cent umdrehen, um über die Runden zu kommen.

Nach einigen Monaten bemerkte ich bei meiner Frau eine leichte Gefühlsarmut. Sie war nicht mehr so temperamentvoll wie am Beginn unserer Ehe. Der Alltag gewann immer mehr die Oberhand und verdrängte zum Teil unsere heißen Gefühle

Nach einigen Monaten musste ich feststellen, dass sie stärker rauchte und manchmal frustriert und unzufrieden war. Sie hatte einfach zu wenig Bewegung und Abwechslung. Es musste unbedingt ein Fahrrad her, damit sie kleine Touren durch den Park machen konnte, wie in ihrer alten Heimat, wo sie drei oder viermal in der Woche mit dem Rad unterwegs war. Dabei hatte sie unwahrscheinliches Glück. Sie bekam im März 2016 zum Geburtstag ein Klapprad geschenkt, von ihrem Sohn.

Jetzt konnte es losgehen mit dem Frustabbau, wenn nur das Wetter mitspielt. Ich selbst möchte auch gern ein bischen Rad fahren, aber im Moment ist die Anschaffung eines Fahrrads nicht möglich. Aber wir haben ja noch ein Auto, haha. Das erste Ehejahr neigte sich dem Ende zu und es taugte die Frage auf, was machen wir denn Sylvester 2016?

Ergänzung von Marianne Högemann

Dies fragte mich mein Hans.
Hatte er diese Frage nur nicht gestellt, denn es war das peinlichste Silvester, das ich jemals erlebt habe.
Wir waren zu Tante und Onkel meiner Schwiegertochter eingeladen.
Anfangs war alles sehr schön. Wir vergnügten uns mit Spielen, waren lustig und lachten sehr viel.
Hans wurde immer miesepetriger je lustiger ich n wurde. Er begann derbe Witze zu reißen. Meist über unsere Gastgeber und meine Schwiegertochter sowie meinen Sohn. Als wir ihn schockiert anschauten meinte er nur, das wäre Bremer Humor.
Die gesamte Gesellschaft sah das aber anders und war entsprechend sauer. Ich verabschiedete mich ganz schnell mit dem Ausdruck des Bedauern.
Nahm meinen Hans am Arm und verschwand mit ihm Richtung unseres zuhauses. Dort angekommen, gingen wir schweigend zu Bett. Das war nun Silvester 2016.
In der Folge wurde Hans zu keiner Feierlichkeit mehr eingeladen. Das betraf auch seine eigenen Bekannten und Verwandten. Heute weiss ich, dass er alle nur als Nebenbuhler sah und mich ganz für sich allein haben wollte. Am besten noch

eingeschlossen ohne Kontakt zur Außenwelt. Nur das funktionierte mit mir nicht. Ich war mein lebenlang unter Menschen und brauchte diese Kontakte auch.

Hans wird zum Einsiedler

In der Folgezeit wurde Hans immer seltsamer, meist in sich gekehrt. Der Gesundheitszustand verbesserte sich dadurch nicht. Er fiel regelrecht in sich zusammen. Es war kein herankommen mehr. Ich bat ihn zum Arzt zu gehen. Aber er schrie mich nur an. Er braucht keinen Arzt. Es ist alles in bester Ordnung. Ich sprach mit unserem Hausarzt und bat ihn um einen Hausbesuch. Das Ergebnis für mich war die erste Ohrfeige in unserer Ehe. Den Arzt ignorierte er vollkommen, wusste alles besser und leistete den Anweisungen des Arztes auch keine Folge.
Ich verwöhnte ihn wie einen Pascha, machte ihm alles so bequem wie möglich. Als Dank drangsalierte er mich von früh bis spät.

Das Ende

Hans verfiel zusehens und ich durfte nichts machen.
In lichten Momenten weinte er und sprach, warum bist du so gut zu mir? Dabei bin ich doch immer hässlich zu dir. So auch am letzten Tag, bevor er für immer einschlief.
Wir spielten an dem Tag gemeinsam mit dem PC. Zu Mittag gab es sein Lieblingsessen, gebratene

Ente. Wir waren an dem Tag noch lange wach und gingen erst 0:30 Uhr zu Bett. Zu diesem Zeitpunkt war noch alles in Ordnung. Wir hatten schon lange getrennte Schlafzimmer und so bemerke ich in dieser Nacht nicht, dass Hans zur Toilette ging. Um ca 6:00 Uhr schaute ich nach ihm. Hans lag nicht in seinem Bett. Er war auch nicht auf dem Balkon gewesen und als ich ins Bad kam, lag er schlafend auf dem Badteppich, so dachte ich. Als ich ihn berürte war er steif. Der herbeigerufene Arzt konnte nur noch den Tod feststellen. Dies ist geschehen im August 2017.

Nachsatz

Ich habe Hans sehr lieb gehabt, sonst hätte ich ihn auch nicht geheiratet.
Doch am Ende unserer Ehe konnte ich ihn nicht mehr lieben. Ich habe nur noch funktioniert.
Er möge in Frieden ruhen. Eines dieser Bücher werde ich auf sein Grab legen.

Dieser Buchentwurf wurde bis zu besagter Silvesterfeier nach bestem Wissen und Gewissen geschrieben von Hans Hermann Högemann.

Leipzig im Jahre 2016

Ergänzt:
Von seiner Witwe Marianne Högemann.

INHALTSVERZEICHNIS

NOTIZEN:

NOTIZEN

NOTIZEN:

NOTIZEN:

Notizen:

NOTIZEN:

NOTIZEN:

NOTIZEN: